Sp Wolff
Wolff, Tracy,
Diamantes y mentiras /
$4.99 ocn964381346

Diamantes y mentiras

Tracy Wolff

WITHDRAWN

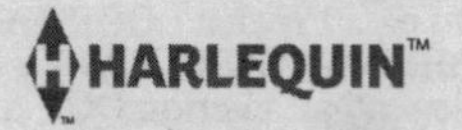

Editado por Harlequin Ibérica.
Una división de HarperCollins Ibérica, S.A.
Núñez de Balboa, 56
28001 Madrid

© 2015 Tracy L. Deebs-Elkenaney
© 2017 Harlequin Ibérica, una división de HarperCollins Ibérica, S.A.
Diamantes y mentiras, n.º 2097 - 1.2.17
Título original: Claimed
Publicada originalmente por Harlequin Enterprises, Ltd.

Todos los derechos están reservados incluidos los de reproducción, total o parcial. Esta edición ha sido publicada con autorización de Harlequin Books S.A.
Esta es una obra de ficción. Nombres, caracteres, lugares, y situaciones son producto de la imaginación del autor o son utilizados ficticiamente, y cualquier parecido con personas, vivas o muertas, establecimientos de negocios (comerciales), hechos o situaciones son pura coincidencia.
® Harlequin, Harlequin Deseo y logotipo Harlequin son marcas registradas por Harlequin Enterprises Limited.
® y ™ son marcas registradas por Harlequin Enterprises Limited y sus filiales, utilizadas con licencia. Las marcas que lleven ® están registradas en la Oficina Española de Patentes y Marcas y en otros países.
Imagen de cubierta utilizada con permiso de Harlequin Enterprises Limited. Todos los derechos están reservados.

I.S.B.N.: 978-84-687-9067-1
Depósito legal: M-40636-2016
Impresión en CPI (Barcelona)
Fecha impresion para Argentina: 31.7.17
Distribuidor exclusivo para España: LOGISTA
Distribuidores para México: CODIPLYRSA y Despacho Flores
Distribuidores para Argentina: Interior, DGP, S.A. Alvarado 2118.
Cap. Fed./Buenos Aires y Gran Buenos Aires, VACCARO HNOS.

Capítulo Uno

Isabella Moreno se quedó muda a mitad de frase cuando se abrió la puerta del aula. Pero ver entrar a Harlan Peters, presidente del GIA (Instituto Gemológico Americano) no fue lo que la dejó paralizada. Era muy buena profesora y lo sabía; no le asustaba una visita de su jefe. La punzada de miedo y el escalofrío que le recorrió la espalda se debían al hombre alto, moreno y silencioso que había junto a él

«Y guapísimo, además», pensó, mientras se obligaba a retomar su comentario sobre la talla y pulido de zafiros de formas irregulares. Sus alumnos de posgrado habían empezado a girar la cabeza para ver qué la había distraído, y sabía que en cuestión de segundos perdería la atención de todas las féminas asistentes. Empezaban a oírse risitas en distintos puntos del aula, aun antes de saber quién era el misterioso desconocido.

Ella tampoco lo sabía en realidad, aunque lo reconociera. Era difícil dedicarse a la industria de las gemas y no identificar a Marc Durand, director ejecutivo de la segunda empresa de exportación y joyería de diamantes del país. Era difícil no fijarse en el pelo negro y demasiado largo, los brillantes ojos azules y el rostro de ángel caído; y más difícil aún ignorarlos. Pero la expresión de su rostro, su mirada de desprecio y la mueca desdeñosa de sus labios, que no estaba acostumbrada a ver en él, lo convertían en un extraño.

El Marc al que conocía, al que había amado, solo la había mirado con ternura, diversión o amor. Al menos hasta el final, cuando todo se había desmoronado. Pero incluso entonces había manifestado sentimientos: ira, dolor, traición. Casi la había matado ver esas emociones en su rostro, sabiéndose responsable de haberlas causado.

El desprecio, desdén y hielo que veía en ese momento lo convertían en otro. Alguien a quien no reconocía y, desde luego, no deseaba conocer.

Mientras estuvieron juntos, su relación se había caracterizado por un ardor tan intenso que a veces se había preguntado cuánto tardaría en abrasarse. La respuesta había resultado ser seis meses, tres semanas y cuatro días, hora arriba, hora abajo.

No lo culpaba por cómo habían acabado las cosas. ¿Cómo iba a hacerlo, a sabiendas de que la responsabilidad de la autodestrucción de ambos recaía casi por completo en ella?

Sin duda, él podría haber sido más amable. Echarla a la calle en Nueva York, en plena noche y sin más que lo puesto, había sido cruel, pero no podía decir que estuviera injustificado. Seguía habiendo noches en las que, mirando al techo, se preguntaba cómo había sido capaz de hacer lo que hizo. Cómo podía haber traicionado al hombre al que tanto amaba.

El amor había sido el problema. Había estado dividida entre dos hombres a los que adoraba, por los que habría hecho cualquier cosa, y eso lo había arruinado todo. Ella sabía que su padre había robado a Marc y había intentado convencerlo para que devolviera las gemas, pero no había confesado la identidad del ladrón hasta que casi fue demasiado tarde para que

Marc salvara a su empresa de la ruina. Después, había empeorado la situación suplicándole a Marc que no demandara a su padre. Además había admitido que la noche que se conocieron, en un evento social, ella había ido con intención de robar una joya. Su plan había cambiado, y también su vida, cuando habló con él, cuando la miró con esos asombrosos ojos azules…

Isabella rechazó los dolorosos recuerdos. Perder a Marc casi la había destrozado seis años antes. No estaba dispuesta a que volviera a ocurrir tanto tiempo después. Y menos allí, en mitad de su primer seminario de posgrado del día.

De vuelta al presente, la avergonzó ver que el presidente de la facultad y todo sus alumnos estaban pendientes de Marc y de ella. A pesar de los años transcurridos, el vínculo que los unía era como un cable eléctrico a punto de echar chispas. Para impedir que el ambiente se enrareciera aún más, Isabella se obligó a volver a su tarea.

La siguiente parte de la lección versaba sobre los zafiros más famosos del mundo y su localización. Cuando llegó al tema del robo del zafiro Huevo del Petirrojo, una de las gemas más caras y buscadas del mundo, hizo lo posible por no mirar a Marc, pero al final no pudo evitarlo. Era como un imán para ella.

Se quedó helada cuando sus ojos se encontraron y vio su mirada sarcástica, cortante como el diamante mejor tallado. Marc lo sabía todo sobre el Huevo del Petirrojo. Se había preocupado de saberlo antes de enfrentarse a ella en su dormitorio, aquella noche ya tan lejana.

–Sentimos interrumpir, doctora Moreno –dijo Harlan desde el fondo de la clase–. Estoy enseñándole el campus al señor Durand, que ha accedido a dar un seminario sobre la producción de diamantes dentro de unas semanas. Por favor, siga con la clase. Es fascinante.

En el aula empezaron a oírse murmullos de excitación. No era habitual que uno de los mayores productores y vendedores de diamantes extraídos de forma responsable accediera a dar clase a alumnos de primer año de posgrado. Sin embargo, ella era la profesora y esa su clase; se negaba a cederle el protagonismo a Marc Durand un segundo más.

Él se lo había quitado todo. O, más bien, ella se lo había dado todo, y él se lo había tirado a la cara. Entonces se lo había merecido y lo había pagado caro, pero ya habían pasado seis años. Ella se había trasladado a otra parte del país y tenía una nueva vida. De ninguna manera iba a permitir que apareciera allí y se la quitara también.

Para evitar que Marc notase cuánto la afectaba su presencia, siguió dando la clase. Gradualmente, los alumnos volvieron a prestar atención y nadie notó la marcha de Marc y Harlan.

Si le hubieran preguntado de qué habló los últimos veinte minutos de clase, Isabella no habría podido contestar. Su mente estaba perdida en un pasado que lamentaba amargamente, pero no podía cambiar, y en el hombre que había cambiado el curso de su vida.

Por fin, la interminable clase llegó a su fin y despidió a los alumnos. Solía quedarse en el aula unos minutos, por si alguien tenía preguntas o comentarios, pero ese día no tenía fuerzas para aguantar un segundo más de lo necesario. Se sentía despellejada por dentro, convencida de que cualquier movimiento en falso destruiría la paz que tanto le había costado conseguir.

Recogió los libros y fue hacia la puerta. Había aparcado en la parte de atrás. Si salía por la puerta lateral tardaría menos de cinco minutos en estar de camino a casa, conduciendo por la sinuosa autovía costera, con el océano a su izquierda.

Pero no llegó al coche, ni siquiera a la puerta lateral. Mientras caminaba a toda prisa por el corredor, una mano fuerte y callosa le agarró un codo desde atrás. Supo de inmediato quién era. Sus rodillas se volvieron de gelatina y se le desbocó el corazón. No habría escapatoria, ni océano, ni tiempo para ordenar sus pensamientos.

Desde que había visto a Marc al fondo del aula había sabido que la confrontación era inevitable, pero había tenido la esperanza de retrasarla un poco, hasta poder pensar en él sin perder el aliento. Se consoló pensando que si no había conseguido ese objetivo en seis años, un par de días más no habrían servido de mucho.

Además, si él pretendía destrozar todo lo que había construido, con una nueva identidad y una nueva vida dentro de la legalidad, era mejor saberlo cuanto antes.

Haciendo acopio de fortaleza, puso cara de póquer antes de girar lentamente hacia él. Nadie tenía por qué saber que le temblaban las rodillas.

Era aún más bella de lo que recordaba. Y probablemente más traicionera, se dijo Marc, intentado controlar un volcán de emociones y libido.

Hacía seis años que no la veía.

Seis años desde la última vez que la había abrazado, besado y hecho el amor.

Seis años desde que la había echado de su casa y de su vida.

Y seguía deseándola.

Era sorprendente, si tenía en cuenta que había hecho lo posible por no pensar en ella. Cierto que de vez en cuando la imagen de su rostro destellaba en su mente, o algo le recordaba su olor, su sabor o su tacto. Pero con el paso del tiempo su reacción a esos momentos, cada vez menos frecuentes, se había atenuado. O eso había creído.

Había bastado un atisbo de su glorioso pelo rojo y sus cálidos ojos marrones, desde la ventana de la puerta del aula, para volver a sumirse en el tumultuoso ardor que había caracterizado gran parte de su relación. Habían dejado de importarle el presidente de la facultad y el futuro que tan cuidadosamente había planificado para Bijoux, la empresa familiar por la que tanto había sacrificado a lo largo del años. Había dejado de importarle el contrato de enseñanza que había firmado después de trasladar la sede de Bijous a la Costa Oeste. A decir verdad, nada le importaba, excepto entrar en el aula y comprobar si su mente le estaba jugando una mala pasada.

Seis años antes había echado de su vida a Isa Varin, la actual Isabella Moreno, de la forma más cruel. No se arrepentía de haberla echado, dada su absoluta traición, pero sí de cómo lo había hecho. Cuando recuperó la cordura y envió a su chófer a entregarle sus cosas, incluyendo bolso, móvil y algo de dinero, se había esfumado. La había buscado durante años, para acallar su conciencia y comprobar que no le había ocurrido nada terrible aquella noche, pero no la había encontrado.

Por fin entendía el porqué. La apasionada, bella y fascinante Isa Varin había dejado de existir. En su lugar había una profesora de aspecto conservador, tan pulida y fría como los diamantes que salían de sus minas. Solo su glorioso cabello pelirrojo era igual. Isabella Moreno lo llevaba recogido sobre la espalda en una trenza prieta, en vez de suelto y rizado como su Isa, pero habría reconocido el color en cualquier sitio.

Cerezas oscuras a medianoche.

Granates húmedos brillando bajo la luna llena.

Cuando sus ojos se habían encontrado por encima de las cabezas de los alumnos, había sentido un innegable puñetazo en el bajo vientre. Solo Isa había conseguido que su cuerpo reaccionara con tanta fuerza, al instante.

Se había librado del presidente del GIA en cuanto pudo, para volver al aula y evitar que Isa se escabullera. Aun así, casi lo había conseguido. No era raro, considerando que procedía de un extenso linaje de ladrones. Sabía por experiencia que nueve de cada diez veces, si no quería ser atrapada, huía.

Mientras esperaba a que hablara, se preguntó que hacía él allí. Por qué la había buscado y qué quería de ella. Solo sabía que verla, hablar con ella, era una compulsión irresistible.

–Hola, Marc –alzó el rostro hacia él, con voz y expresión perfectamente compuestas.

Él sintió un leve latigazo en lo más hondo de su ser, incómodo porque no pudo identificar su significado. Así que lo ignoró y se centró en ella.

Una mirada a sus ojos, insondables y oscuras lagunas de chocolate fundido, había solido rendirlo. Pero esos días habían pasado. Su traición había destrozado su fe en ella. Había sido débil una vez, se había dejado engañar por la inocencia que podía proyectar con una mirada, una caricia, un murmullo. No volvería a cometer ese error. Satisfaría su curiosidad, descubriría por qué estaba en el GIA y se iría.

En ese momento, esos mismos ojos brillaban con tantas emociones que no podía ni empezar a clasificarlas. Isa podía hacer que su rostro fuera inescrutable y su cuerpo tan gélido como una vez lo había sido ardiente, pero sus ojos no mentían. Era obvio que ese encuentro fortuito la inquietaba tanto como a él.

Darse cuenta de eso hizo que algo se relajara en su interior, y percibió el chisporroteo de un cambio de poder en el aire. Antes ella había llevado ventaja en la relación, porque confiaba ciegamente en ella y la amaba tanto que nunca habría imaginado que podía traicionarlo. Pero de eso hacía mucho. Por más que Isa simulara ser una remilgada y aburrida profesora de gemología, él sabía la verdad y no volvería a cometer la estupidez de bajar la guardia.

–Hola, Isabella –esbozó una sonrisa irónica–. ¡Qué curioso encontrarte aquí!

–Sí, en fin, suelo estar donde están las joyas.

–¿Crees que no lo sé? –miró fijamente una vitrina que había en la pared de enfrente, que exhibía uno de los collares de ópalos más caros del mundo–. El presidente me ha dicho que llevas tres años enseñando aquí. Y no ha habido robos. Debes estar perdiendo cualidades.

–Formo parte del profesorado del GIA –sus ojos destellaron con ira, pero su voz sonó templada–. Garantizar la seguridad de todas las joyas del campus forma parte de mis obligaciones.

–Y todos sabemos cuánto valoras tu trabajo… y tu lealtad.

–¿Necesitas algo, Marc? –miró su mano, que seguía sujetándole el codo. Durante un instante, su rostro dejó entrever su furia.

–He pensado que podíamos ponernos al día. Por los viejos tiempos.

–Ya, pues resulta que los viejos tiempos no fueron tan buenos. Así que, si me disculpas… –empezó a liberar su codo, pero él apretó los dedos.

–No te disculpo –afirmó con doble intención. A pesar de la ira que recorría su cuerpo como lava, aún no estaba dispuesto a dejarla ir.

–Lamento oír eso. Pero tengo una cita dentro de media hora. No quiero llegar tarde.

–Ya, he oído decir que a los peristas les molestan los retrasos.

Esa vez, la máscara de su rostro se agrietó por completo. Empujó su pecho con una mano, al tiempo que liberaba el codo.

–Hace seis años soporté tus viles insinuaciones y acusaciones porque creía merecerlas. Pero hace mucho tiempo de eso. Tengo una nueva vida…

–Y un nuevo nombre.

–Sí –lo miró inquieta–. Necesitaba distancia.

–Yo no lo recuerdo así –dijo él. Ella había elegido a su padre en vez de a él, a pesar de que el viejo le había robado. Marc no tenía ninguna intención de olvidarlo.

–Eso no me sorprende –repuso ella, insultante.

–¿Qué se supone que significa eso?

–Exactamente lo que he dicho. No se me dan bien los subterfugios.

–Eso tampoco lo recuerdo así –le devolvió él, aunque sabía que sonaría arrogante.

–Claro que no –ella enderezó la espalda y alzó la barbilla–. Siempre te has guiado más por la percepción que por la verdad. ¿No, Marc?

Marc no había creído que fuera posible enfadarse más, ya tenía el estómago atenazado por la ira y estaba apretando los dientes. Pero ella siempre le había provocado emociones fuertes, algunas de ellas muy buenas.

No podía permitir que lo arrastrara de vuelta a ese pasado. El Marc que había amado a Isa Varin había sido tonto y débil, algo que se había jurado no volvería a ser mientras el guardia de seguridad la escoltaba fuera del edificio.

–«No te acerques que me tiznas, le dijo la sartén al cazo», Isabella –hizo hincapié en el nuevo nombre y vio que ella no pasaba por alto su ironía.

–Creo que ya he oído más que suficiente –empezó a andar, pero él se interpuso en su camino.

No sabía por qué, pero Marc no estaba listo para verla alejarse de él otra vez. Y menos cuando ella parecía tan fría y serena y él, que por fin la había encontrado, bullía por dentro.

–¿Huyes? –la pinchó–. ¿Por qué será que no me sorprende? Al fin y al cabo, es cosa de familia.

Captó un destello de dolor en sus ojos, pero fue tan breve que pensó que podía haberlo imaginado. Aun así sintió cierto remordimiento.

–Sea lo que sea lo que pretendes conseguir, no ocurrirá. Tienes que apartarte de mi camino, Marc.

Aunque lo dijo con tono educado, era un ultimátum, y Marc nunca había reaccionado bien a las órdenes. Sin embargo, en seis largos años nunca se había sentido tan excitado como en ese momento. Lo irritaba su reacción pero no iba a permitir que ella lo notara. Había estado seguro de que no volvería a verla, y no iba a permitir que desapareciera de su vida otros seis años más, cuando aún tenía tantas preguntas sin respuesta. Cuando aún la deseaba tanto que el cuerpo le dolía al pensarlo.

Así que, en vez de obedecer, alzó una ceja, se apoyó en la fresca pared alicatada e hizo la pregunta que sabía que lo cambiaría todo.

–Y si no ¿qué?

Capítulo Dos

Isa miró a Marc con incredulidad. Le costaba creer que hubiera hecho esa pregunta en serio, como si fueran dos niños lanzándose retos. Ella había renunciado a los juegos infantiles la misma noche en que recorrió cuarenta manzanas bajo la lluvia helada sin siquiera un abrigo que la protegiera del temporal. Después, se había creado una vida nueva y mejor, usando un nombre que nadie en la industria del diamante relacionaría con el de su padre. No iba a permitir que él diera al traste con todo eso.

–No tengo tiempo para esto –rezongó, irritada–. Me gustaría decir que ha sido agradable verte de nuevo, pero ambos sabemos que estaría mintiendo. Así que… –movió la mano– que te vaya bien.

Giró sobre los talones y empezó a andar. Había dado solo dos pasos cuando una mano grande y callosa le agarró de la muñeca y la detuvo.

–No pensarás que va a ser tan fácil, ¿verdad? –los dedos ásperos acariciaron la delicada piel del interior de su muñeca.

Esa caricia había sido tan habitual durante el tiempo que habían pasado juntos que Isabella había seguido sintiéndola años después de su ruptura. A pesar de cuanto había ocurrido entre ellos, aun sabiendo que tenía el poder de volver a arruinarle la vida, su traicionero corazón se aceleró con el leve contacto.

Furiosa consigo misma por ser tan fácil, y con él por ser tan endiabladamente atractivo, liberó el brazo de un tirón.

–No sé a qué te refieres –dijo con voz gélida, obligándose a mirarlo a los ojos.

–Sigues siendo buena mentirosa –estiró la mano y tocó su trenza–. Me alegra ver que algunas cosas no han cambiado.

–Yo nunca te mentí.

–Pero tampoco me dijiste la verdad. A pesar de que eso nos habría ahorrado a mi empresa y a mí mucho tiempo, dinero y vergüenza.

Ella no pudo evitar sentirse embargada por una oleada de remordimiento, su constante compañero. Aun así, se negaba a asumir toda la culpabilidad, sobre todo cuando el hombre tierno que había conocido se había desvanecido como humo.

–Bueno, parece que aterrizaste de pie –dijo.

–Igual que tú –volvió la vista hacia el aula–. Profesora del GIA, y una de las mejores expertas del mundo en diamantes sin conflicto. Admito que tu desaparición me hizo pensar que habías decidido seguir los pasos de tu padre.

Isa tragó aire; la horrorizó comprobar que sus palabras aún tenían la capacidad de herirla.

–No soy una ladrona –no pudo evitar que se le cascara la voz a media frase.

Los ojos de él se oscurecieron un segundo y ella pensó que se había ablandado. Que la tocaría como en el pasado, con esa ternura que hacía que se sintiera adorada. Un cosquilleo recorrió su cuerpo y, a pesar de sus palabras hirientes y de lo que había ocurrido entre ellos, estuvo a punto de rendirse. Tuvo que afirmar las piernas para no apoyarse en él como había hecho tantas veces antes.

Él carraspeó, rompiendo el hechizo. Los malos recuerdos la asaltaron y las lágrimas le quemaron los ojos, sin llegar a derramarse. Ya había llorado cuanto iba a llorar por él. Su relación era agua pasada y pretendía que siguiera siéndolo.

Dio un paso atrás. Esa vez él no la detuvo, se limitó a esbozar una mueca burlona.

Isa tomó aire, lo miró a los ojos e hizo lo único que sabía hacer a esas alturas: abrirse y decir la verdad.

–Mira, sé que quieres venganza, y te la mereces. Siento mucho, muchísimo, lo que te hizo pasar mi padre. Pero él ya no está y no puedo hacer nada para cambiar las cosas. ¿Puedes aceptar mis más sinceras disculpas y dejar que sigamos nuestros caminos? Tú da tu clase y yo daré la mía. El pasado, pasado está.

Él no se movió, ni parpadeó siquiera, pero Isa habría jurado que daba un respingo. Esperó a que dijera algo, lo que fuera, pero según transcurrían los segundos fue poniéndose más y más nerviosa. Ser observada por Marc Durand era como estar ante un depredador hambriento que, gracias a sus dientes, garras, agilidad e inteligencia, aventajara a todas las demás especies de la sabana.

Se estremeció bajo su escrutinio, consciente de que la última vez que la había mirado durante tanto tiempo, había estado desnuda y suplicándole que le hiciera el amor. Aunque no había nada más lejos de su mente que acostarse con él, su traicionero cuerpo aún recordaba el placer que le había proporcionado. Un placer que nadie había conseguido igualar, ni antes ni después.

Se sonrojó de vergüenza al notar que el recuerdo le endurecía los pezones. Él la odiaba, su sola presencia lo disgustaba. Ella llevaba seis años viviendo una nueva vida, intentando olvidarlo, pero seguía sin poder evitar fantasear con la sensación de estar en sus brazos. Marc era un amante increíble –apasionado, generoso y divertido–, y los meses que había pasado con él habían sido los mejores de su vida.

Se recordó que habían sido seguidos por los peores meses, los más amargos, y no debía olvidarlo. Que su cuerpo siguiera en sintonía con él, que lo deseara, no implicaba que lo hiciera el resto de ella. En el pasado, la química sexual no los había llevado demasiado lejos.

Marc seguía sin hablar, y el silencio cargado de sensualidad era cada vez más incómodo. Isa cuadró los hombros y carraspeó.

–Voy muy retrasada. Tengo que irme.

Odió sonar como si le estuviera pidiendo permiso, pero no se creía capaz de andar si no la ayudaba a romper la conexión surgida entre ellos.

–Esta noche hay un cóctel –dijo él con brusquedad–. En la galería de gemas.

–Sí –dijo ella, sorprendida por el brusco cambio de tema–. Es la fiesta social de primavera.

–Ve conmigo.

Isa movió la cabeza, creyendo haber oído mal. Marc no podía haberle pedido que fuera al cóctel de la facultad con él. ¿Por qué iba a hacerlo? La única razón posible era que pretendiese humillarla ante todos sus colegas.

El Marc que había conocido, de quien había estado locamente enamorada, nunca habría hecho algo así.

Pero habían pasado seis largos años, y el hombre duro, enfadado e inflexible que tenía delante parecía capaz de todo. No quería saber nada de él, dijera lo que dijera su cuerpo.

–No puedo.

–¿Por qué no? –preguntó él, molesto.

–Ya tengo compromiso –dijo ella, sin pensarlo. No era mentira, pero tampoco estrictamente verdad. Hacía semanas que ella y Gideon, un profesor, habían quedado en ir juntos. Solo eran amigos y sabía que a Gideon no le habría importado que cancelara la cita.

Pero no quería hacerlo. A duras penas estaba soportando los quince minutos de conversación con Marc. No podía ni imaginar lo que ocurriría con ella, y con la nueva identidad por la que tanto había trabajado, si pasaba toda la velada con él; si se rendía a la atracción que seguía habiendo entre ellos. Aunque estuviera lo bastante loca para seguir deseándolo, no volvería a ser su chivo expiatorio, esos días habían quedado atrás.

–¿Quién es él? –Marc casi rechinó los dientes.

–Gideon, no lo conoces. Pero tal vez nos veamos allí –forzó una sonrisa e incluso agitó la mano antes de empezar a andar por tercera vez en veinte minutos. Esa vez Marc la dejó marchar.

Isa casi había logrado convencerse de que se alegraba de ello cuando abrió la puerta lateral y sintió la caricia del sol primaveral.

–¿Quién se meó en tu desayuno? –exigió Nic.

Marc alzó la vista del ordenador y frunció el ceño. Como era habitual, su hermano menor había entrado al despacho sin llamar. No solía molestarlo, pero en ese momento, horas después de su conversación con Isa, lo que menos le apetecía era lidiar con Nic. Su hermano, además de ser muy perspicaz, tenía un sentido del humor bastante retorcido. Era una combinación peligrosa, que obligaba a Marc a estar en alerta si quería mantenerse a salvo de sus pullas. Ese día no tenía fuerzas para intentarlo.

–No sé de qué estás hablando.

–Claro que sí. Mírate la cara.

–Eso es imposible, teniendo en cuenta que no hay ningún espejo.

–¿Por qué me habrá tocado tener un hermano sin la menor imaginación? –clamó Nic, mirando al techo.

–Para que tú parecieras el hermano gracioso –contestó Marc.

–Era una pregunta retórica. Además, no tengo que parecer el hermano gracioso, lo soy –Nic puso los ojos en blanco–. De acuerdo, no puedes ver tu cara. Yo sí. Y te diré que tienes aspecto de… –hizo una pausa, como si buscara un símil.

–¿De que alguien se meó en mi desayuno?

–Exactamente. ¿Qué ocurre? ¿Hay problemas con De Beers?

–No más de los habituales.

–¿Con la nueva mina?

–No. Acabo de hablar con Heath y las cosas van bien. Empezaremos a dar beneficios en otoño.

–¿Lo ves? ¿Quién dice que no es posible ganar dinero con diamantes sin conflicto?

–¿Unos bastardos avaros carentes de corazón y conciencia social?

–También era una pregunta retórica –rezongó Nic–. Pero es una buena respuesta.

Marc intentó concentrarse en la hoja de cálculo que mostraba la pantalla del ordenador. Los datos de producción de las minas solían ser como una droga para él, pero ese día le parecían un incordio. No podía dejar de pensar en Isa y en el hombre que iba a escoltarla al cóctel. Se preguntaba si sería amigo, novio o amante. La última posibilidad lo llevó a cerrar los puños y apretar los dientes.

–¡Ahí está! –exclamó Nic–. A esa expresión me refería.

–Insisto en que yo no la veo.

–Insisto en que yo sí, así que dime a qué se debe. Si no estamos perdiendo dinero, ni inmersos en la lucha de poder con De Beers, ¿qué te tiene tan flipado?

–Yo no flipo –refutó Marc, ofendido.

–Pero tranquilo no estás. Seguiré incordiando hasta que me digas qué va mal, así que escúpelo cuanto antes, o ya puedes olvidarte de volver a esa hoja de cálculo.

–¿Qué te hace creer que estoy con una hoja de cálculo?

–Asúmelo, te pasas la vida mirando hojas de cálculo –Nic se sentó y puso los pies sobre el escritorio–. Habla.

Marc simuló que volvía al trabajo, pero Nic no se dio por aludido. El silencio se alargó. Por fin, Marc hizo lo que su hermano le pedía.

–Hoy me he encontrado con Isa.

–¿Isa Varin? –los pies de Nic volvieron el suelo de golpe y se enderezó en la silla.

–Ahora es Isabella Moreno.

–¿Está casada? –soltó un largo silbido–. No me extraña que estés de mal humor.

–¡No está casada! –rezongó Marc–. Y aunque lo estuviera, no es asunto mío.

–No, claro que no –se burló Nic–. Llevas seis años saliendo con todas las pelirrojas que te has encontrado con la ridícula intención de sustituirla. Pero su estado civil no es asunto tuyo.

–Yo nunca... –calló de repente. Habría querido decirle a su hermano que se equivocaba, pero al repasar mentalmente la lista de mujeres con las que había salido, comprendió que Nic podría tener parte de razón.

No se había dado cuenta antes, pero todas eran pelirrojas, altas, delgadas, de aspecto delicado y sonrisa amplia. Maldijo para sí. Tal vez, inconscientemente, llevaba años buscando una sustituta de Isa. Nunca lo había pensado, pero no podía ignorar la evidencia.

–Si no se ha casado, ¿por qué el cambio de nombre?

–Me dijo que quería volver a empezar.

–Normal –dijo Nic, comprensivo.

–¿Qué se supone que significa eso? –a Marc no le había gustado nada el tono de Nic.

–¿Tú que crees? Las cosas no acabaron bien entre vosotros. Aunque sé que cuando la echaste pensabas que era lo correcto.

–¡Era lo que tenía que hacer! ¿En serio crees que había otra opción? –Marc agitó la mano para evitar que respondiera, habían hablado del tema cientos de veces–. Aun así, he gastado un montón de dinero en investigadores privados estos años. Alguno tendría que haber descubierto ese cambio de nombre.

–No si no lo hizo legalmente.

–Tiene que ser legal. Tiene un contrato de trabajo con ese nombre.

–¿Has olvidado quién era su padre? Con esa clase de contactos, se puede conseguir una identidad nueva sin siquiera parpadear.

–Isa no haría eso –Marc no estaba demasiado seguro de sus palabras. Lo que decía su hermano tenía sentido. Al fin y al cabo, no sería la primera vez que Isa mentía, o robaba.

¿Cómo podía haber acabado la hija de un ladrón de joyas de fama mundial trabajando en la sede internacional del Instituto Gemológico Americano, por mucho que fuera una de las mejores en su campo? Trabajando allí tenía acceso a algunas de las mejores gemas del mundo, que gracias a un sistema de préstamo rotativo, pasaban por el instituto con bastante frecuencia.

Cabía la posibilidad de que ella no fuera una ladrona, pero la reputación de su padre habría bastado para cerrarle las puertas del GIA, a no ser que hubiera hecho lo que suponía su hermano. Además, si el cambio de nombre fuera oficial, los detectives que había contratado para buscarla lo habrían descubierto.

–Dime, ¿cómo le va? –Nic interrumpió el pensamiento de Marc–. ¿Está bien?

–Sí, está bien –a Marc le había parecido que tenía un aspecto saludable, feliz y resplandeciente, al menos hasta que lo vio él. Entonces su luz interior se había apagado.

–Me alegro. A pesar de la debacle con su padre, y de lo que ocurrió entre vosotros, siempre me gustó.

A Marc también le había gustado. Tanto que le había pedido que fuera su esposa, a pesar de que antes de conocerla se había jurado no casarse nunca. El matrimonio de sus padres había distado mucho de ser un buen ejemplo para él y para Nic.

–Entonces, ¿le has pedido que salga contigo?

–¿Qué? ¿Bromeas? ¿No acabas de recordarme lo mal que acabaron las cosas entre nosotros?

–Fuiste un poco idiota, eso es innegable. Pero Isa tiene buen corazón. Seguro que te perdonaría...

–No soy yo quien necesita perdón. ¡Estuvo a punto de arruinar nuestros planes para Bijoux!

–Fue su padre quien lo hizo, no ella.

–Ella lo sabía todo.

–Sí, pero ¿qué iba a decir? «Por cierto, cielo, ese robo de diamantes que tanto te preocupa, el que está llevando a tu empresa a la ruina, creo que fue cosa de mi papi».

–Eso habría estado bien. Así no habría tenido que oírlo de boca del jefe de seguridad.

–Dale un respiro. Tenía veintiún años y seguramente estaba muerta de miedo.

–Te has vuelto muy comprensivo de repente –Marc frunció el ceño–. Si no recuerdo mal, también pediste su cabeza cuando ocurrió todo.

–La cabeza de su padre –corrigió Nic–. Creía que debía pagar por lo que hizo, fuiste tú quien se negó a demandarlo. Y quien tiró de muchos hilos para evitarle problemas. Diablos, aún sigues devolviendo los favores que debes por esa debacle.

Nic tenía razón. Marc se había preguntado más de una vez en qué demonios había estado pensando para esforzarse tanto por mantener al padre de Isa fuera de prisión. Pero cuando había visto el rostro de Isa, pálido y aterrorizado, había sabido que no tenía otra opción.

Marc se puso en pie y fue hacia uno de los ventanales que conformaban la esquina de su despacho.

Estudió la fantástica vista del océano Pacífico estrellándose contra la orilla rocosa con la esperanza de que templara el enfado y la confusión que bullían en su interior. Había sido buena idea trasladar la sede de Bijoux a San Diego, seis meses antes. Lo había hecho por la proximidad de la sede internacional del GIA, pero tener acceso al océano era un plus.

–Salvatore era un hombre viejo y enfermo, y falleció ese mismo año. No tenía sentido que pasara sus dos últimos meses de vida en una celda.

–Lo hiciste por Isa, y porque bajo esa coraza gruñona hay un corazón bastante blando –sonó la alarma de su móvil y Nic se levantó de un salto–. Tengo que irme. Hay una reunión de marketing dentro de cinco minutos.

–¿Va bien la nueva campaña?

Marc hacía las funciones de director ejecutivo de Bijoux, ocupándose de asuntos de negocios y finanzas: contratos gubernamentales, minería, personal y distribución. Su hermano, el genio creativo de la familia, tenía a su cargo marketing, relaciones públicas, ventas y cualquier cosa que afectara a la imagen pública de Bijoux. Lo hacía de maravilla, lo que permitía a Marc concentrarse en lo que más le gustaba: ampliar el negocio familiar hasta convertirlo en la mayor empresa con responsabilidad social y medioambiental de la industria del diamante.

–Va de maravilla –dijo Nic–. Pero me gusta asistir a las reuniones para escuchar las ideas y ver de qué se habla, así estoy al tanto de todo.

–Y luego dicen que yo soy el controlador de la familia.

–Es que lo eres. Yo solo soy concienzudo. Ya ves,

siempre hago canasta –fue hacia la puerta–. En serio, hermano –dijo, antes de salir–. El destino te ha dado otra oportunidad con Isa. Deberías aprovecharla.

–No creo en el destino. Y no quiero otra oportunidad con ella.

–¿Estás seguro de eso?

–Por completo.

Después de lo que había ocurrido entre ellos, lo último que quería era darle a Isa otra oportunidad de destrozar su empresa o su corazón.

Volver a acostarse con ella, sí, claro que quería. Isa estaba bellísima cuando se excitaba, y era increíblemente sexy, sobre todo cuando gritaba su nombre al tener un orgasmo. El sexo con ella había sido fantástico, el mejor de su vida.

–Pues entonces, olvídala –aconsejó Nic–. Ambos habéis seguido vuestro camino. Lo pasado, pasado está.

–Eso pretendo hacer.

Sin embargo, Marc no podía dejar de pensar en Isa y en su acompañante a la fiesta de esa noche. Se preguntaba quién era el tal Gideon y qué quería de ella.

La imagen de Isa dando su clase destelló en su mente. Los ojos brillantes de entusiasmo al hablar de su tema favorito, la piel sonrosada y resplandeciente; el largo pelo rojo atrapado en una ridícula trenza; el delicioso cuerpo oculto, pero dibujado, bajo unos pantalones de vestir y un jersey de cuello alto.

Seis años antes, Isa había sido pura calidez y pasión por la vida, por las gemas y por él. Pero se había transformado en una mujer distinta, mezcla de frío y calor, a la que, a pesar de su traición, no podía evitar seguir deseando.

Esa tarde Isa no había mostrado ningún interés por retomar su relación, pero había visto cómo lo miraba, cómo se inclinaba hacia él cuando la tocó. Sonrió al pensar que tal vez no supusiera demasiado reto llevársela a la cama y hacerla suya una y otra vez, de todas las maneras en que un hombre puede hacer suya a una mujer.

Así se la sacaría de la cabeza y cerraría de una vez para siempre ese capítulo de su vida.

Capítulo Tres

Marc estaba allí. No se habían encontrado aún, pero Isa había percibido que la observaba desde el momento en que Gideon y ella habían entrado a la fiesta. Siempre había sido así, si Marc estaba cerca, intuía su presencia.

–¿Quieres beber algo? –preguntó Gideon.

Isa sabía que había acercado la boca a su oído para que lo oyera por encima de la música y el runrún de las conversaciones, pero la incomodó sentir su aliento tan cerca de la mejilla y el cuello.

Gideon era su amigo y acompañante ocasional para ir al cine y a fiestas. Se conocían desde hacía tres años, y él nunca había dado indicios de querer más que eso. Eran amigos y colegas, refugio mutuo en caso de tormenta. Se preguntó por qué, de repente, se sentía incómoda con él.

Sintió un escalofrío al contestarse a sí misma. Era porque Marc estaba allí, observándola. Sabía que no le gustaría que Gideon estuviera tan cerca de ella con la mano en su espalda.

Rechazó el pensamiento de inmediato. Marc y ella habían roto hacía seis largos años. Seguramente, no le importaba ni lo más mínimo que estuviera allí con Gideon, era solo un recuerdo reflejo del pasado. Marc había sido muy posesivo entonces y, a decir verdad, ella también.

–¿Isabel? –la voz de Gideon bajó de tono una octava y la preocupación oscureció sus ojos verdes–, ¿estás bien? Te he notado rara desde que te recogí.

Gideon tenía razón. Isa se sentía rara desde su encuentro con Marc. Saber que estaba allí, en la fiesta, había hecho que se sintiera mil veces peor.

–Lo siento. Estoy algo abstraída, pero te prometo dar de lado a mis pensamientos –le sonrió con calidez para compensarlo.

–Cuidado con esa sonrisa, mujer. Es un arma letal –bromeó él–. Ya sabes que si me necesitas para algo, puedes contar conmigo –añadió.

–Lo sé. Estoy bien, de verdad –se inclinó hacia él y besó su mejilla–. Pero tengo sed.

–¿Quieres lo de siempre? –preguntó, mientras la conducía hasta un grupo de colegas.

–Sí, perfecto.

Gideon la dejó con los amigos y puso rumbo al bar. Isa intentó relajarse y disfrutar, pero le resultaba imposible. Sentía los ojos de Marc en su espalda.

–¿Qué tal el ballet al que fuiste la semana pasada –preguntó Maribel, otra de las profesoras del GIA–. Sentí mucho tener que perdérmelo.

–Tu cita con el obstetra era más importante –dijo Isa–. El ballet estuvo genial. Nadie habría dicho que estaba escrito e interpretado por estudiantes de la academia de ballet de San Diego.

–La próxima vez que actúen, iré. Aunque tenga que contratar a una niñera –Maribel se frotó el vientre abultado.

–¿Cómo está el bebé? ¿Cómo te sientes tú?

–El bebé está bien y yo me siento enorme. No sé cómo voy a aguantar dos meses más así.

–Seguro que pasan rápido –dijo Michael, su marido, acariciándole la espalda.

–¿Ah, sí? –rezongó ella–. ¿Eso lo sabes porque tienes experiencia en parecer un balón de playa?

Todos se rieron e Isa empezó a relajarse un poco. Se dijo que si Marc estaba allí, bastaría con que se saludaran educadamente, si acaso.

Gideon regresó y le dio su bebida, una copa de *pinot grigio*. Iba a darle las gracias cuando oyó la voz del decano a su espalda.

–Buenas noches a todos. Me gustaría presentaros a nuestro nuevo profesor invitado.

A Isa se le encogió el estómago. El decano no se encargaría personalmente de presentar a un profesor cualquiera, pero sí a Marc, propietario y director ejecutivo de la segunda empresa de diamantes en el ranking mundial.

Sus amigos y colegas dieron una cálida bienvenida a Marc. Eran gente amigable y curiosa, que acogían con gusto a cualquier profesor.

Él encajó de maravilla. Memorizó todos sus nombres, contó una anécdota que les hizo reír e hizo las preguntas apropiadas para que cada uno de ellos pudiera lucirse un poco.

En otras palabras, Marc hizo gala de la faceta más social de su personalidad, que dominaba a la perfección. Cuando habían estado juntos, Isa se había esforzado por ser tan encantadora como él y sentirse cómoda en situaciones sociales, pero su timidez le había impedido lograrlo.

Le encantaba hablar con sus alumnos y amigos, pero no se le daba nada bien charlar con desconocidos y esforzarse por decir algo que captara la atención de la gente. Se sentía tan incómoda en esas situaciones que a veces había tenido ataques de ansiedad horas antes de asistir con Marc a algún evento.

Por supuesto, nunca se lo había confesado a Marc, porque no quería que se avergonzara de ella. Lo había amado tanto, había estado tan desesperada por convertirse en su esposa, que habría hecho cualquier cosa que él le pidiera. Cualquier cosa, excepto traicionar a su padre. Y esa decisión, su único enfrentamiento a Marc, le había costado todo.

La ira, el vino y los nervios se unieron en su estómago para provocarle un ataque de náuseas. Gideon notó de inmediato que algo iba mal. Rodeó su cintura con un brazo y la atrajo hacia sí.

–¿Estás bien? –le preguntó al oído, para evitar que los demás lo oyeran.

Gideon era una de las pocas personas a las que había confesado la ansiedad que la atenazaba en situaciones sociales. Por eso insistía en escoltarla a las fiestas y, si tenía que ausentarse siquiera un momento, se aseguraba de que estuviera rodeada de amigos.

–Necesito aire fresco –susurró ella.

–La terraza está abierta. Te acompaño.

–No, tranquilo –rechazó ella. Sabía que Gideon estaba disfrutando de la conversación–. Quédate. Volveré en unos minutos.

–¿Estás segura?

–Sí –le dio un abrazo rápido y, tras excusarse ante los demás, fue hacia la puerta doble que se abría a la terraza, con vistas al océano.

La brisa del mar, salada y fresca, era justo lo que necesitaba para despejar la cabeza. Para olvidarse de Marc y del doloroso pasado que no podía cambiar.

Fue a la parte más oscura de la terraza y apoyó las manos en la barandilla. Cerró los ojos e inspiró profunda y lentamente. No tardó en sentirse más tranquila y controlada. Se preguntó cuánto tiempo podría quedarse allí antes de que Gideon fuera a buscarla.

Isa deslumbraba. Con una sencilla túnica morada, que destacaba como un faro en un mar de vestidos negros, estaba tan sexy y sensual como él la recordaba. Incluso más; la madurez había otorgado exuberancia a su rostro y a su figura.

Ese payaso de Gideon era consciente de ello, porque aprovechaba cada oportunidad que tenía para acercarse o acariciarla. A Marc le había resultado muy difícil ver a ese bastardo tocar a Isa y no correr a estrellarle un puño en la cara.

Se había controlado porque a Isa parecía gustarle el tipo, aunque eso había ido acrecentado su ira hasta un nivel letal. Los seis años de separación se habían derretido y desaparecido, como la nieve el primer día cálido de primavera.

Observó a Isa sortear a la gente, salir a la terraza y refugiarse en el rincón más oscuro. Vio cómo inspiraba profundamente varias veces y cómo sus bellos pechos se alzaban bajo el profundo escote en uve. Los dedos de Marc cosquillearon con el deseo de tocarlos y moldearlos mientras besaba, lamía y succionaba sus pezones hasta llevarla al orgasmo. Le había encantado hacer eso cuando aún era suya.

Mientras la observaba, la imagen de Gideon arrodillado ante ella, dándole placer como lo había hecho él, irrumpió en su mente. La ira explotó en su interior, atenazando su garganta y haciéndole ver todo de color rojo. Unos segundos después estaba al lado de Isa.

–¿Qué es ese Gideon para ti? –la pregunta se le escapó sin pensar.

Isa abrió los ojos, sobresaltada, y giró hacia él, con una mano temblorosa sobre el corazón.

–Perdona, no quería asustarte.

–¿Qué haces aquí fuera?

–Te he seguido –se acercó y pasó los dedos por la curva de su mejilla.

–¿Por qué?

Él ignoró la pregunta al notar que a ella se le aceleraba la respiración. Estaba nerviosa y excitada. Se habría alegrado si no hubiera pensado, de repente, que esa reacción podía deberse a Gideon en vez de a él.

–¿Qué es ese tipo para ti? –insistió.

–¿Gideon?

No le gustó como ella decía el nombre, con voz suave y cálida. Lo irritó e incrementó su deseo de volver a tenerla en su cama.

–Sí.

–Es mi acompañante. Y mi amigo –se le cascó la voz cuando él deslizó la mano desde su mejilla hasta la base de su cuello. Se mojó los labios con la punta de la lengua.

–¿Nada más? –Marc había necesitado de todo su control para no inclinarse y besar su boca.

–¿Nada más, qué? –Isa respiraba con dificultad.

Marc sintió un destello de lujuria al comprender que ella también lo deseaba. Se acercó más, hasta que sus cuerpos se rozaron, y rodeó su cuello con los dedos. Fue una manera de dar rienda suelta al afán de posesión que rugía en su interior.

Su deseo por Isa era como fuego en sus venas. Se acercó hasta casi rozar sus labios.

–Gideon. ¿Es solo un amigo, o algo más?

–¿Gideon? –tartamudeó ella.

A él le gustó su tono confuso, el que no supiera ni de quién estaban hablando.

–El tipo que te ha traído –dijo, junto a la esquina de su boca–. ¿Estás con él?

–No –Isa se estremeció.

Fue solo un susurro, pero a Marc le bastó. Ella estaba arrebolada y sus pezones se habían endurecido contra su pecho.

–Bien –dijo antes de atrapar su boca.

Capítulo Cuatro

El beso fue una mezcla de posesión y placer.

Había pasado seis largos años sin tocarla, sin abrazarla, sin lamer sus labios rosados, pero en ese momento le pareció que seguía siendo suya.

Al sentir la presión de su boca, los labios de Isa se entreabrieron con un gemido. Él aprovechó la ocasión para introducir la lengua en lo más profundo de su boca. Ella alzó las manos hasta su pecho, como si fuera a apartarlo. Marc se preparó para la tortura que supondría soltarla, pero las manos agarraron en su camisa, atrayéndolo. Marc no necesitó más invitación que esa.

Colocó las manos bajo su barbilla y le acarició los pómulos con los pulgares. Después, la besó como si llevara una eternidad deseando hacerlo.

La devoró.

Acarició y lamió su lengua, jugando y saboreando, convenciéndola para que se abriera más a él. Cuando lo hizo, tomó cuanto le ofrecía, exigiendo más.

Le lamió los labios, el interior de las mejillas y el paladar. Ella emitió un gemido suave que lo excitó más que cualquier otra cosa en los últimos seis años. No había tenido una erección igual desde la última vez que la tuvo entre sus brazos.

Taladrado por el deseo, ladeó la cabeza para tener mejor acceso. Y empezó la guerra.

Sus lenguas se enzarzaron, acariciándose y deslizándose la una sobre la otra. Él succionó su lengua y disfrutó de cómo se arqueaba hacia él, clavándole las caderas y arañándole el pecho a través de la fina camisa de seda.

Solía encantarle sentir esos pinchazos de dolor y saber que llevaría sus marcas en la piel durante horas, a veces días. Supuso un duro golpe comprender que seguía ocurriéndole lo mismo. Quería que lo marcara, y marcarla él, tanto como antes. Pero no quería pensarlo mientras durara el beso. Solo podía pensar en ella y en las sensaciones que los desbordaban a ambos, así que se entregó por completo a Isa.

Imposible hacer otra cosa cuando tanto el beso como ella misma eran una extraña mezcla de suavidad y pasión, conmovedora y desesperada. Lo conocido y lo exótico. Necesitaba a Isa y cuanto ella pudiera darle más que al aire que respiraba.

A Marc le daba vueltas la cabeza cuando Isa interrumpió el beso y, jadeando, apoyó la frente en la de él. Marc dejó que recuperara el aliento y aprovechó para llenar los pulmones de oxígeno y dar a su cuerpo ardiente la posibilidad de calmarse. Después, reclamó su boca de nuevo.

La segunda vez fue aún mejor.

Ella tenía los labios calientes e hinchados, y sabía de maravilla, a vino espumoso y moras de verano. Y a mar. Un sabor fresco, limpio y salvaje. Siempre había sido así.

Había cambiado tanto desde la última vez que la vio, que había temido que su sabor también fuera distinto. Comprobar que no era así casi lo rindió a sus pies. La besó otra vez. Y otra. Y otra más. Hasta que sintió que la piel de ella ardía bajo sus manos. Hasta que su miembro, duro como una roca, palpitó de dolor. Hasta que los labios de ambos estuvieron hinchados y sensibles.

Después la besó aún más.

Y ella lo permitió. Dejó que la besara y acariciara, aunque él había estado seguro de que no volvería a abrirse a él. También había estado seguro de que, si lo hacía, no confiaría en ella lo suficiente como para permitirlo.

Se dijo que lo que estaba ocurriendo no tenía que ver con la confianza ni con el amor. Era cuestión de necesidad. Química pura. Tenía que ver con el fuego compartido en el pasado, más abrasador que el de una forja de joyas.

Tenía la boca entumecida cuando Isa puso fin al beso. Esa vez, en vez de seguir en sus brazos, lo apartó con fuerza y se volvió hacia el océano. Él le dio espacio y observó, fascinado, cómo intentaba desesperadamente recuperar el control.

Le deseó suerte. Él no podía controlarse si Isa estaba de por medio. Nunca había podido.

–No vuelvas a hacer eso nunca –ordenó ella con voz temblorosa de deseo contenido.

–¿No volver a hacer qué? –preguntó, haciéndola girar para ver su rostro en la penumbra.

Tenía los ojos enormes, con las pupilas dilatadas por la pasión. Verla así le provocó otra oleada de deseo.

–¿Hacer esto? –se acercó tanto que cada vez que ella respiraba sentía el roce de sus senos–. ¿Tocarte? –deslizó los nudillos por su mandíbula y cuello abajo, hasta posarlos en su clavícula–. ¿Besarte? –posó los labios en su sien y fue bajando por la mejilla hasta la esquina de su boca. Después, le mordió suavemente el labio inferior.

La mano de Isa subió por su espalda hasta enredarse en su pelo, mientras emitía gemidos profundos y urgentes. Entreabrió los labios y se arqueó hacia él. Marc tuvo que contener un gruñido. Deseaba hacerla suya allí mismo, contra la barandilla de hierro del balcón.

–¿No volver a desearte? –colocó una mano en sus nalgas para atraer sus caderas hacia él, y bajó la otra hasta moldear uno de sus senos por encima del fino tejido del vestido–. La verdad, me parece que ya es tarde para eso. Por ambas partes.

–Marc –el nombre sonó roto en sus labios.

Marc no habría sabido decir si era un gemido de plegaria, absolución o condena, pero le daba igual. Lo único que importaba era volver a estar con ella. Había pasado los últimos seis años soñando con hacerle el amor una y otra vez, hasta calmar su mente y saciar su cuerpo.

–Deja que te haga mía –le susurró al oído, mientras retorcía suavemente uno de sus pezones–. Me ocuparé de ti, haré que te sientas tan bien…

Isa lo empujó con dureza. Era delgada, de huesos diminutos, pero mucho más fuerte de lo que parecía.

–¡No, Marc! –giró la cabeza a un lado y empujó de nuevo–. Para.

El odiaba las palabras «no» y «para» casi tanto como que le dieran órdenes. Pero eran términos no negociables, indiscutibles, si procedían de labios de una mujer. Así que dio un paso atrás y apartó las manos de su sensual y tentador cuerpo.

–Sé lo que estás haciendo –dijo ella con voz temblorosa y ojos salvajes.

–¿Lo sabes? –murmuró él–. ¿En serio?

–Intentas avergonzarme en el trabajo. Pretendes arruinarlo todo y no voy a permitirlo.

–¿Avergonzarte? –no ocultó que se sentía insultado–. ¿Te avergüenza que te bese?

Ella debió percibir el peligro en el tono de su voz, porque se pasó una mano por el pelo mientras los dedos de la otra jugueteaban con su medallón.

–No me hagas la escena de macho insultado –le dijo, exasperada.

–Yo no hago de macho –escupió él con desdén.

–No necesitas «hacer» nada. Cada célula de tu cuerpo es de macho alfa y controlador, y si no lo sabes eres aún más iluso de lo que creía. En cualquier caso, no voy a quedarme aquí y ser tu juguete ni un segundo más. Para mí esto es un evento de trabajo, si pierdo el empleo por conducta inapropiada no tengo un fideicomiso y una empresa de diamantes de respaldo. Mi carrera es cuanto tengo y no dejaré que la arruines igual que arruinaste… –calló antes de acabar la frase. Intentó ir hacia la puerta, pero él le agarró el codo.

–¿Igual que arruiné nuestra relación? –preguntó Marc con voz sedosa–. Si no recuerdo mal, eso lo hiciste tú solita.

–No dudo que eso es lo que tú recuerdas –miró la mano que la sujetaba y liberó su codo–. Por eso sé que haces esto para crearme problemas. Vete a hacer lo que estuvieras haciendo antes de decidir que te apetecía humillarme. Mejor aún, vete al infierno.

Lo esquivó y entró al salón hecha un torbellino de seda morada, Chanel número 5 e indignación. Por desgracia, de esas tres cosas, la más excitante para Marc era la última.

Estaba loca, inmersa en un brote sicótico o teniendo un ataque. No sabía cuál de esas tres cosas, pero una de ellas. No había otra explicación para lo ocurrido en la terraza. Había caído en brazos de Marc, y aceptado sus besos, como si hubieran pasado seis minutos y no seis años desde la última vez que estuvieron juntos. Como si no la hubiera echado de la forma más cruel.

Entendía la atracción sexual, en el pasado les había supuesto un esfuerzo no tocarse. Pero la base de esa atracción tendría que ser el respeto o el amor, no el intenso desprecio y desconfianza que sentían el uno por el otro en el presente.

Aun así, había dejado que la besara. Que la acariciara hasta casi llevarla del orgasmo. Era un comportamiento ridículo y, peor aún, autodestructivo. Se avergonzaba de sí misma y de su cuerpo por actuar así después del dolor que le había causado Marc. Y del que ella le había causado a él.

Mientras iba hacia Gideon, notó que los ojos de Marc la seguían, que recorrían su espalda, su trasero, sus piernas. Su mirada era como una corriente eléctrica que sentía en todo el cuerpo.

Isa sabía que lo más inteligente para su futuro profesional sería quedarse en la fiesta, bebiendo champán y esperando su turno para charlar con el presidente del Instituto Gemológico. Pero la verdad era que no podía seguir allí ni un minuto más. Tenía que escapar antes de derrumbarse delante de toda esa gente. O antes de lanzarse sobre Marc y suplicarle que la hiciera suya allí mismo, en mitad del concurrido salón.

Ese último pensamiento casi la hizo correr hasta Gideon. Puso la mano en su brazo y acercó los labios a su oído para que pudiera oírla entre tanto bullicio. Le dijo que no se encontraba bien y que volvería en taxi a casa. Estaba segura de que su palidez y el temblor de sus manos darían credibilidad a su excusa.

–Pobre Isa. Te llevaré a casa –Gideon, bendito fuera, dejó su copa en la mesa más cercana, rodeó su cintura con un brazo y, tras excusarse ante todos, la llevó hacia la puerta.

–No hace falta que vengas conmigo –rechazó ella–. Solo es un dolor de cabeza. Puedo ir sola.

–¡No seas ridícula! –esbozó una sonrisa traviesa–. La fiesta pierde interés a marchas forzadas. De hecho, podría decirse que tú me estás rescatando a mí, en vez de al revés.

–Creo que los dos sabemos que eso no es verdad –le dio un beso en la mejilla–. Pero te agradezco el sentimiento y que me lleves a casa.

En cuando apartó los labios de su cara, supo que besarlo había sido un error. No veía a Marc, pero percibió el chisporroteo de su furia y desaprobación desde la otra punta del salón.

Tensó los hombros e intentó no darse por aludida. Al fin y al cabo, no estaba utilizando a Gideon para ponerlo celoso; ni siquiera había creído que eso fuera posible. Pero, tras percibir su ira, no pudo evitar preguntarse qué habría pensado Marc al ver que, un minuto después de aceptar su asalto en la terraza, era tan cariñosa con Gideon.

Diciéndose que daba igual lo que pensara Marc,

permitió que Gideon, con una mano en su espalda, la sacara de allí. Le había dicho a Marc que lo ocurrido en la terraza no se repetiría, y lo había dicho en serio. Había permitido que la destrozara una vez. No volvería a ocurrir. Ya no era la chica enamorada de hacía seis años, dispuesta a arriesgarlo todo para estar con él.

No, la vida le había dado lecciones muy duras y había optado por empezar de cero. Tenía una nueva vida de la que estaba orgullosa y que significaba mucho para ella. Una vida que Marc no tendría ningún problema en arruinar, tal y como había hecho con la anterior.

No podía permitir que eso ocurriera. Su empleo y su reputación eran lo único que tenía.

Capítulo Cinco

El viaje de vuelta a casa con Gideon fue fácil. En realidad, todo era fácil con él. Entre ellos no había un pasado oscuro, ni amor ni odio que embarrara su relación. Su amistad era cómoda, basada en intereses compartidos, conversaciones ágiles y sentidos del humor similares.

Nunca lo había agradecido tanto como en ese momento, cuando aparcó ante la casa que Isa había comprado hacía cuatro años.

Gideon la acompañó hasta la puerta, pero no se entretuvo. No esperaba que lo invitase a entrar ni un beso de buenas noches. Se limitó a darle un abrazo y rozar su frente con los labios.

–Mejórate –murmuró antes de irse.

Gracias a Dios, estaba sola por fin.

Ignorando las imágenes de Marc que pululaban en su mente, sustituyó el vestido de fiesta por unos pantalones de yoga y una camiseta negra. Después, se sirvió una copa de vino y se acomodó en el sofá a ver la televisión y olvidar el desastroso día.

Acababa de cargar un capítulo de su serie televisiva favorita cuando llamaron a la puerta. Suponiendo que Gideon regresaba a traerle algo que se había dejado en el coche, abrió la puerta con una sonrisa.

–¿Qué he olvidado esta vez? Si quieres entrar, podemos compartir una botella de... –calló al ver que quien estaba en el porche no era Gideon–. ¿Qué haces aquí? –exigió–. ¿Y cómo has descubierto dónde vivo?

–Te he seguido.

–¿Me has seguido? ¡Dios! –empezó a cerrar la puerta, pero él consiguió sujetarla a tiempo.

–He pasado los últimos seis años buscándote.

Durante un segundo, Isa creyó haber oído mal. Lo último que Marc le había dicho al echarla fue que si volvía a verla se aseguraría de que ella y su padre acabaran en la cárcel.

Pero su expresión, mezcla de culpabilidad e ira, le confirmó que había oído bien. Y también que no había tenido intención de barbotar así la verdad.

–¿Por qué? ¿Por qué ibas a hacer eso?

–Porque fue una barbaridad echarte a la calle así, escoltada por un guarda de seguridad, sin nada... Me arrepentí de inmediato y salí a buscarte. Fui a tu apartamento, pero nunca regresaste allí. Me preocupaba que te hubiera pasado algo por mi culpa.

Era lo último que Isa había esperado oírle decir a Marc Durand. Tardó unos segundos en absorber sus palabras. No quería darles importancia, para que no interfirieran con su capacidad de decirle que se fuera al infierno de una vez por todas. Al fin y al cabo, las palabras y el sentimiento que había tras ellas llegaban seis años demasiado tarde.

Sin embargo, algo se derritió en su interior. Durante seis largos años había cargado con un amasijo de emociones: traición y dolor, desconsuelo e ira. Cada una de ellas llevaba inscrito el nombre de Marc y, por más que intentaba dejarlas atrás, seguían presentes, ahogándola. Solo con decir unas pocas frases, Marc había aflojado esa horca.

–Lo siento –añadió Marc con cierto esfuerzo.

A ella no la sorprendió que le costara decirlo. Los hombres como Marc no solían pedir disculpas.

Isa se dijo que tenía dos opciones: mandarlo al diablo y cerrarle la puerta en las narices, o aceptar su disculpa. Siempre había entendido por qué había actuado como lo hizo: su padre le había robado e Isa, al suplicarle a Marc que no lo demandara, lo había traicionado a él. En realidad solo una opción era relativamente justa.

–Acabo de abrir una botella de *pinot noir* –abrió la puerta y dio un paso atrás–: ¿Te interesa?

–Me interesa mucho –aceptó él con voz ronca.

Isa sintió una quemazón en el estómago y en el sexo. Los nervios le provocaron sudores, a pesar del frescor del aire acondicionado.

–Dudo que sea tan bueno como los vinos a los que estás acostumbrado –dijo, mientras iba a la cocina y le servía una copa–. Pero a mí me gusta.

Él aceptó la copa, la vació de un trago y la dejó sobre la encimera.

–Vaya. ¿Quieres que…?

–No he venido por el vino, Isa –interrumpió él, aprisionándola contra un armario con el cuerpo.

–Obvia… –Isa carraspeó–. Obviamente.

–Tampoco he venido a pedir disculpas. Me alegra haberlo hecho, pero no estoy aquí por eso.

–Marc –gimió ella–. Pienso que no…

–No pienses –tomó su rostro con las manos–. Solo escucha –se inclinó hasta rozar su mandíbula con los labios, suaves como alas de mariposa–. Antes, en la terraza, no estaba jugando contigo. No intentaba humillarte ante tus colegas.

–A mí me dio la sensación de que sí.

Aunque se había prometido no reaccionar a él, Isa notó cómo se le tensaban los pezones.

–Lo sé. Eso también es culpa mía –paseó los labios por su mandíbula, hasta acariciar la esquina de su boca con la lengua–. Eran el momento y el lugar equivocados.

Lamió sus labios con delicadeza e intención. Ella emitió un gemido que él aprovechó para introducir la lengua en su boca.

–Mi única excusa –dijo entre beso y beso– es que aún me vuelves loco. Haces que olvide el dónde y el cuándo –puso la otra mano en uno de sus senos y le acarició la aureola con el pulgar.

Ella tenía el corazón desbocado y respiraba con dificultad. Aun así, consiguió hacer la pregunta para la que anhelaba oír una respuesta.

–¿También te hago olvidar el quién?

–Nunca he podido olvidarte, Isa. Y créeme, lo he intentado.

La puntilla final aguijoneó a Isa, pero era tan sincera y afín a su propia experiencia que dio al traste con las pocas defensas que le quedaban.

Podría haber achacado su rendición al vino o al shock de volver a verlo, pero lo cierto era que lo deseaba. Siempre lo había deseado. Si lo único que iba a tener de Marc era ese momento, al menos sería una despedida más digna y apropiada que la anterior.

Por eso, no se resistió cuando él empezó a besar su cuello. Enredó los dedos en el sedoso pelo negro e inclinó la cabeza hacia atrás.

–El corazón te late muy rápido –murmuró él contra su piel.

–Ha pasado mucho tiempo desde… –se obligó a callar para no revelar demasiado.

–¿Desde qué? –preguntó él besando su escote.

–Desde la última vez que me tocaste –no podía confesar la verdad. No quería que supiera cuánto lo había amado, ni cuánto tiempo llevaba sin hacer el amor–. Nunca nos faltó química sexual.

Para evitar que siguiera indagando en el tema, deslizó las manos por su torso. Entre dedos y piel solo se interponía una fina camisa de seda azul oscuro, del mismo tono que sus ojos.

Estaba tan en forma como siempre, tal vez más, y habría mentido si dijera que no anhelaba verlo desnudo, que no quería sentir el calor de su piel y las curvas de sus músculos bajo la lengua.

El recuerdo de cómo la había rechazado le devolvió la cordura. No se creía capaz de pasar por eso una segunda vez sin romperse en pedazos. Así que, en lugar de desabrocharle la camisa, acariciar sus pectorales y descender hasta el vientre, se obligó a apartarse.

–¿Qué estamos haciendo, Marc?

–Yo diría que es obvio, Isa –dijo él alzando el rostro del escote que lamía.

Ella se sonrojó al oír el tono irónico de su voz y ver la intensidad de su mirada.

–Lo que quería decir es… –desvió la mirada–. No sé qué quieres de mí –concluyó.

–Sí lo sabes –se enderezó y la miró a los ojos.

Aunque se sentía vulnerable e insegura, Isa se obligó a sostenerle la mirada sin parpadear. Tenía derecho a saber en qué se estaba metiendo. Dado su historial, podía ser cualquier cosa, desde sexo por venganza a sexo de reencuentro, con un montón de opciones intermedias. Necesitaba saber de qué tipo era antes de entregarse.

A Marc siempre se le habían dado mejor los juegos de alcoba que a ella. Tenía más experiencia y controlaba mejor sus reacciones. Sabía articular sus pensamientos y deseos.

–Te deseo, Isa –le dijo, acariciando su espalda con ritmo tranquilizador y excitante a la par–. Quiero besar tus pechos, chupar tus pezones y ver si aún puedes llegar al orgasmo mientras los acaricio y raspo con dientes y lengua.

Ella ni siquiera intentó ocultar cuánto la excitaba oírle hablar así.

–Quiero estar de rodillas ante ti y lamerte el sexo hasta sentir tu clímax en la lengua.

Sus palabras tenían tanta fuerza, su voz era tan seductora, que notó la humedad entre las piernas.

–Quiero alzarte y apoyarte en la pared. Sentir tus piernas rodear mi cintura mientras me deslizo en tu interior lentamente. Quiero sentir cómo te tensas a mi alrededor, oírte gritar mi nombre.

–Marc… –sonó a orden y a súplica–. Necesito…

–Quiero que te corras una y otra vez. En mis dedos, en mi pene, en mi lengua. Hasta que toda tú seas placer. Hasta que…

Ella enredó los dedos en su pelo y presionó para acercar su boca y besarlo con pasión. Lo único que le importaba en ese momento era Marc y sentirlo en su interior. Quería abrazarlo, quería que se vaciara dentro de ella hasta llenarla.

Hasta que volviera a sentirse completa.

Y después, quería que lo hiciera todo otra vez.

–Sí –musitó en su boca mientras tironeaba de la

fina camisa, desesperada por quitársela. Ansiaba sentir esa piel, ardiente y suave, junto a la suya.

Marc emitió un gruñido sordo. Isa no supo si era de alegría por su «sí» o de dolor por cómo estaba arañando su pecho. Los botones salieron volando y él se libró de la camisa rota mientras le sacaba a ella la camiseta por la cabeza.

–Eres increíblemente bella –gruñó, tomando sus pechos en las manos callosas.

Ella se arqueó hacia la sensación, familiar y nueva a un tiempo. Observarlo mientras disfrutaba de sus caricias duplicaba el placer. Cada presión de los dedos en sus pezones provocaba un torbellino de necesidad y pasión que recorría su sangre, abrasándola. Dejó de pensar, solo podía sentir, oler, saborear y verlo a él.

Por fin, la presión de los fuertes pulgares en sus pezones le provocó un placer tan intenso que gritó. Se aferró a sus hombros y arqueó la espalda hacia atrás, ofreciéndose a él como nunca se había ofrecido a otro hombre.

Marc se arrodilló ante ella y le bajó los pantalones y las bragas. Depositó besos húmedos en su vientre, costillas y pechos. Después, cuando ella ya gemía y le tiraba del pelo, atrapó un pezón con la boca y succionó con tanta fuerza como para hacerle gritar.

Lo hizo una y otra vez, deslizando la lengua sobre el duro botón, hasta que ella se estremeció, al borde del orgasmo.

Isa no quería rendirse tan fácilmente, ni tan pronto. Había pasado demasiado tiempo desde la última vez que Marc la había abrazado, besado y hecho el amor. Si esa iba a ser su única oportunidad de estar con él, no quería prisas.

Pero él capturó el otro pezón con pulgar e índice mientras seguía lamiendo y mordisqueando el primero. Las rodillas de Isa se doblaron y tuvo que apoyarse en sus hombros, mientras movía las caderas contra su pecho, casi al límite.

Como si presintiera su dilema, Marc retiró la boca de su pecho. Ella gimió con desesperación.

–Déjate ir, Isa. Está bien. Te tengo sujeta. Te lo prometo, nena –volvió a poner la boca en su seno y ella perdió el control, iniciando una espiral ascendente e interminable.

–Sí, cariño –la animó Marc, presionando el pezón con más fuerza. Ella gritó y deslizó las uñas por su espalda.

Estaba al límite, a punto de volar, cuando Marc mordió con cuidado y ella se lanzó al éxtasis con un grito que hasta los vecinos habrían oído. Él la sujetó, insistiendo con manos y boca mientras se perdía en convulsiones de placer. Después la rodeó con sus brazos y murmuró palabras de amor en su piel húmeda.

Isa no entendía lo que estaba ocurriendo allí, no sabía qué había transformado al hombre airado en el amante tierno que tan bien recordaba. Pero no iba a preocuparse por eso mientras su cuerpo seguía temblando por el orgasmo más potente que había tenido en seis años. No mientras él la abrazaba tan fuerte que sentía los latidos de su corazón en la piel. No cuando se sentía completa por primera vez desde que Marc la había echado de su lado.

Se dijo que haría bien en recordar que la había echado con lo puesto. Lo recordaría, sin duda, pero después. En ese momento, desnuda, vulnerable y saciada, solo quería abrazarlo y que él la abrazara.

Quería amarlo y que la amara, aunque solo se atreviera a entregarle su cuerpo y solo recibiera el de él a cambio. Su cuerpo y largos momentos de placer inimaginable.

No era suficiente, ni por asomo, pero si era lo único que podía tener de él, lo aceptaría.

Seis años antes había aprendido que el futuro llegaba se preocupase uno o no de él. Así que no iba a preocuparse de lo que ocurriría después. Tenía esa noche, tenía a Marc y, por una vez, dejaría que el futuro se ocupara de sí mismo.

Capítulo Seis

No podía negar cuánto la había extrañado. Había echado de menos el sabor de su piel y sentir su cuerpo junto al suyo. Había echado en falta el sonido de sus gritos y gemidos cuando alcanzaba el clímax. Incluso con ella entre sus brazos, pulsando con la necesidad de descargarse, quería oír esos sonidos otra vez.

No le resultaba fácil admitir una verdad que había intentado ignorar seis largos años y que anhelaba dejar atrás de una vez por todas.

–¿Dónde está el dormitorio? –preguntó poniéndose en pie y alzando a Isa en brazos.

Isa lo miró con ojos nublados de pasión y él, aunque se moría por estar en su interior, no pudo evitar inclinar la cabeza y capturar su boca.

Ella respondió como hacía siempre, con calor, pasión y dulce rendición. Siguió besándola mientras avanzaba por el pasillo y mientras la depositaba en la sensual colcha roja que cubría la cama de matrimonio. Ni siquiera dejó de hacerlo mientras se desnudaba. Después, se tumbó a su lado y la adoró como había solido hacerlo. Con manos, boca y cuerpo, paladeando cada centímetro de su piel.

Isa gemía, arqueándose bajo él. Marc ardía de deseo, pero quería verla llegar al clímax otra vez. Quería perderse en su sonido, su olor y su tacto mientras le proporcionaba tanto placer como ella fuera capaz de resistir.

Succionó la sensible piel de su cuello hasta dejarle un moratón. Ella se estremeció y gritó su nombre mientras le arañaba la espalda.

El dolor provocado por los rasguños desató algo salvaje en él que ni siquiera sabía que ocultaba en su interior. Perdió el control que llevaba esforzándose por mantener desde que ella había permitido que la besara en la terraza.

Recorrió todo su cuerpo con labios y lengua. Quería explorarla entera, descubrir cada cambio que se hubiera producido en los últimos seis años. Tenía los pechos más llenos, pecas nuevas en la parte interior de los codos y tres pequeñas cicatrices cerca del ombligo. Pasó los dedos por ellas preguntándose a qué se debían.

–¿Qué te pasó aquí? –inquirió, aunque sabía que no era asunto suyo.

–¿Qué? ¿Dónde? –su voz sonó ronca, aturdida por el placer.

–Aquí –Marc acarició las marcas con un dedo. Lo satisfacía saber que él era el causante de su placer, no ese estúpido profesor que no había dejado de toquetearla en la fiesta.

–Oh –Isa suspiró y le acarició el pecho–. Una apendicitis de urgencia.

Él apenas oyó la respuesta, estaba inmerso en el placer que Isa le provocaba con sus caricias y besos en cuello, hombros y pecho.

–Isa –gruñó, a modo de advertencia.

Ella no le hizo caso. Fue deslizándose cama abajo, besando pectorales, estómago y abdomen. Marc seguía encima de ella, pero eso no le impidió que dibujara un camino de besos ardientes por el sendero de vello que bajaba desde su ombligo.

Después tomó su miembro con la boca, succionando y lamiendo de arriba abajo. Él se tragó una maldición y soportó sus caricias unos segundos, apoyando su peso en los brazos.

Cuando sintió el cosquilleo del orgasmo en la base de la espalda, se apartó con un gruñido.

–¿Qué? –preguntó ella, con ojos nublados y labios hinchados y jugosos–. Quiero…

–Quiero estar dentro de ti cuando ocurra –respondió él. No sabía por qué le importaba, el placer era placer en cualquier caso, pero esa primera vez tras una larga separación, quería vaciarse dentro de ella.

Ignorando su gemido de protesta, se apartó de ella, recogió los pantalones del suelo y sacó un preservativo de la cartera. Segundos después estaba de vuelta en la cama, cubriéndola con su cuerpo.

Introdujo una mano entre sus muslos, para comprobar que estaba lista para él. Le encantó sentir el calor húmedo que indicaba que así era.

–Marc, por favor –suplicó ella, rodeándolo con los brazos para atraerlo.

–Estoy aquí, cielo –musitó, besando sus mejillas arreboladas.

Se deslizó en su interior y fue como si volviera a casa después de un largo viaje. Isabella gimió, arqueando el cuerpo y rodeando sus caderas con las piernas, húmeda, ardiente y dispuesta.

La penetró una y otra vez, disfrutando de cómo su cuerpo le seguía el ritmo. Disfrutando de sus gemidos y de cómo sus bellos ojos se nublaban con la proximidad de un nuevo orgasmo.

Él también estaba al límite, tan cerca que era una agonía contenerse. Pero necesitaba que ella llegara al clímax antes que él. Quería ver su rostro arrebatado, sentir la presión de su cuerpo sujetándolo, absorbiéndolo.

Sus músculos se perlaron de sudor mientras incrementaba el ritmo y la tensión. Isa gemía, suplicándole que la llevara al éxtasis y que la acompañara en ese viaje.

Aunque eso era lo que más deseaba, Marc quería prolongar el momento, hacer que cada segundo fuera eterno. No sabía si volvería a tener esa oportunidad y quería disfrutarla al máximo.

Pero Isa no se lo permitió. Se aferró a él con brazos y piernas, besándolo con ardor. Marc, incapaz de aguantar más, introdujo una mano entre sus cuerpos y tocó su sexo.

Bastaron dos caricias para que ella gritara su nombre y sus músculos internos lo oprimieran rítmicamente. Marc se vació en su interior, rindiéndose al intenso placer que estremecía su cuerpo. Mientras se fundían en un solo ser, se preguntó cómo iba a poder vivir sin eso, sin ella.

Marc se despertó sintiéndose mejor que en muchos años. Seis, para ser exactos. Con el cuerpo saciado y la mente en paz. Era una sensación tan extraña para él, que pasó del sueño a un estado de alerta con una rapidez casi dolorosa.

Abrió los ojos de golpe y, al ver el rojo cabello de Isa desparramado sobre la almohada, recordó con todo detalle lo ocurrido la noche anterior. Su cuerpo reaccionó de inmediato a las vívidas imágenes y pensó en situarla sobre él y deslizarse en su interior cuando abriera esos bellos ojos marrones.

A pesar de las muchas veces que la había poseído, seguía deseándola con una intensidad que rayaba en la desesperación. Fue precisamente eso lo que lo llevó a contenerse.

Bajó de la cama, agarró los pantalones y fue hacia la cocina, donde creía haber visto su camisa por última vez. No se había equivocado, estaba tirada en el suelo, junto con sus zapatos.

Mientras se vestía, intentó no pensar en lo maravilloso que había sido estar con Isa otra vez.

Ninguna otra mujer le había hecho sentir lo que sentía con ella. Todo el tiempo que habían pasado juntos, cuando aún la adoraba y confiaba en ella, hacerle el amor había sido como una droga. Se perdía en ella cada día y cada noche. Eso tendría que haberlo asustado, siendo como era un hombre que no se fiaba de nadie, pero no había sido así. Había estado tan loco por ella que nunca habría imaginado que pudiera traicionarlo.

Pero lo había hecho y, aun así, allí estaban los dos. El problema era que él ya no sabía dónde quería estar. Cierto que el sexo de la noche anterior había sido fantástico, ardiente y excitante, pero esa no era la razón de que estuviera despierto cuando la luz del amanecer empezaba a acariciar el océano que se veía desde la ventana. El placer no lo asustaba. Su inquietud se debía a que se sentía descansado, equilibrado y repleto en cuerpo y mente por primera vez en mucho tiempo.

Que Isa fuera la responsable de ese estado no le gustaba. Habían pasado menos de veinticuatro horas desde que había entrado en su aula y ya habían acabado en la cama. Ya volvía a pensar en hacerla suya. Ya pensaba en recuperarla.

Ahí residía el problema. No podía permitirse el lujo de olvidar que Isa lo había traicionado seis años antes. De ninguna manera iba a olvidar que había puesto a su padre, un hombre que le había robado y había estado a punto de arruinarlo, por encima de él.

Si lo había hecho una vez, en pleno romance apasionado, podía hacerlo de nuevo. Por eso tenía que alejarse de inmediato, antes de caer víctima de las pequeñas cosas que había amado de ella.

Su sonrisa y su olor.

Su sentido del humor y su inteligencia.

Su forma de abrazarlo y suplicar que la besara cuando se despertaba por la mañana.

–Sigues aquí –dijo ella con voz adormilada–. Pensaba que te habías ido.

–Aún no. Pero tengo que ir a la oficina.

–Es sábado.

–Lo sé. Pero trabajo los sábados –trabajaba casi todos los días–. Sobre todo desde que he aceptado dar ese seminario en el instituto.

Marc se planteó acercarse para besar sus labios hinchados, pero se sentía inseguro y le pareció que ella también. No sabía qué quería hacer ni cómo. Era una sensación incómoda, que no le gustaba nada.

–Antes nunca trabajabas en sábado –dijo ella.

A Marc le sonó a acusación y, como no tenía por qué sentirse culpable, replicó con enfado.

–Hace seis años me sentía seguro. La empresa iba bien y creía que podía darme un respiro y tomarme algún día libre con toda confianza. Como recordarás, eso no dio buen resultado.

–¿Cuánto tiempo vas a seguir echándome eso en cara? –preguntó ella, dolida.

–Lo he mencionado dos veces en las últimas veinticuatro horas –intentó controlar el tono de su voz–. Y antes de eso no había hablado contigo en seis malditos años. Así que dime, por favor, ¿por qué crees que te echo el pasado en cara?

–No lo sé. Pero tengo esa sensación –ella se abrazó la cintura, con actitud defensiva.

–Tal vez lo que sientes es la voz de tu conciencia culpable. Quizás una parte de ti cree merecer eso que se supone que te estoy haciendo.

–Es posible. Pero eso no significa que esté interpretando mal la situación –hizo una pausa y tomó aire, como si quisiera armarse de valor.

–Di lo que quieras decir, Isa. Sea lo que sea –la animó él. De repente, se sentía avergonzado. No había ido allí a criticarla e incomodarla.

–Vale –se lamió los labios–. Es que no consigo entender la razón de lo que ocurrió anoche.

–No sé a qué te refieres exactamente –Marc sintió un pinchazo de angustia. No quería analizar sus motivaciones de la noche anterior. Por el momento, prefería creer que solo había satisfecho un deseo que había durado seis largos años.

–¿Qué querías demostrar? ¿Era una manera de vengarte después de tanto tiempo? ¿De intentar herirme? –a pesar de su nerviosismo, lo dijo con toda naturalidad. Como si hubiera anticipado que podía esperar eso de él.

Que pensara así le afectó mucho a Marc. Había actuado motivado por una mezcla de lujuria, confusión, celos y necesidad, pero en ningún momento por afán de venganza. Ni cuando fue a buscarla a la terraza, ni cuando decidió seguirla a casa ni, menos aún, cuando llamó a su puerta. Tal vez tendría que haber estado pensando vengarse, pero había pensando en ella. Solo en ella.

Le dolió que ese no fuera el caso de Isa. Era obvio que ella había estado analizando su motivos desde el momento en que le abrió la puerta. Se sintió como un tonto, y eso lo puso furioso. Ya había jugado con él una vez, y no permitiría que volviera a hacerlo. No era tan estúpido.

–Yo no lo llamaría venganza sino clausura –dijo, tras varios segundos de silencio–. Nuestra relación terminó de forma tan brusca que siempre me pareció... inacabada. Eso no me gustaba.

–¿Y ahora? –inquirió ella, con rostro sereno.

–¿Ahora? Ya no me lo parece.

Era mentira, pero ella no tenía por qué saberlo. Agachándose para recoger sus llaves, que estaban en el suelo, Marc se dijo que había obtenido la clausura que necesitaba. Sabía que ella estaba bien, que no había sufrido ningún daño por la crueldad con la que la había echado de su casa años antes. Había podido tocarla y saciar una sed de la que no había sido consciente hasta que la vio en el aula. Eso era suficiente. Más que suficiente.

O lo sería muy pronto.

Su férrea voluntad conseguiría que lo fuera aunque eso lo matara. Había pasado demasiados años de su vida preocupándose por una mujer que nunca haría lo mismo por él.

Por fin sabía que Isa estaba a salvo y había pasado una última noche con ella. Punto final. Era hora de cerrar ese capítulo de su vida para siempre. Y empezaría a hacerlo saliendo por la puerta.

–Gracias por lo de anoche –le dijo, dándole un beso en la mejilla–. Fue divertido.

Ella asintió en silencio y lo observó mientras él abría la puerta, salía al porche y bajaba los escalones de dos en dos.

Marc no sabía qué le habría gustado oír, no tenía ni idea de lo que quería de ella, pero sí que no era silencio. Sabía que quería más.

Siempre había sido así. Simplemente, ella no había sido capaz de dárselo.

Era una idiota.

Tras cerrar la puerta y echar el cerrojo, Isa fue directa al dormitorio. Aunque una parte de ella deseaba lanzarse sobre la cama y taparse hasta la cabeza, sabía que eso no funcionaría. En parte porque sus problemas seguirían allí, esperándola, cuando consiguiera resurgir; en parte. Y en parte porque las sábanas olían a Marc y no era tan masoquista como para soportar eso. No podía ni respirar sin que las imágenes de lo que habían hecho en esa cama rasgaran su conciencia.

Había sabido que estaba cometiendo un error. Marc no era alguien que perdonase la traición fácilmente. Sin embargo, había acabado en la cama con él. Se había entregado una y otra vez sin pensar en las consecuencias. En vez de preguntarse si la estaba utilizando, se había permitido creer que existían los milagros; que todo podía volver a ser como antes de que su padre lo arruinara todo y ella le permitiera hacerlo.

De repente, no pudo soportar ver la cama revuelta ni un segundo más. Con un ataque de frenesí, quitó las sábanas, las mantas e incluso la funda del colchón.

Llevó todo al cuarto de la colada y puso una lavadora. Iba a tener que poner otra, pero le daba igual. Lo importante era librarse del recuerdo de Marc.

Tras ocuparse de la cama, se concentró en sí misma. Borrar a Marc de su cuerpo iba a ser un millón de veces más difícil. Al fin y al cabo, los recuerdos de su ser, su tacto y su olor habían vivido bajo su piel seis largos años, esperando el momento de renacer. Ahora que lo habían hecho, no sabía si tendría fuerzas para volver a enterrarlos, para enterrarlo a él.

Se quitó el camisón y lo dejó con el resto de la ropa sucia. Después, desnuda, fue al cuarto de baño para darse una ducha.

Mientras esperaba que el agua saliera caliente, cometió el error de mirarse al espejo. Lo que vio casi la hizo caer de rodillas.

Tenía aspecto de haber pasado la noche en una batalla: el pelo alborotado, la piel enrojecida por el roce de la barba, los labios hinchados y la mirada perdida, desenfocada. Además, tenía cardenales en el cuello, en la curva exterior del pecho izquierdo, en una cadera, en la delicada piel del interior de sus muslos. Eran marcas de amor. Chupetones. Pequeños recuerdos de él grabados en la piel que no le hacían ninguna falta.

Por muy difícil que fuera, necesitaba olvidar lo que habían hecho. Tenía que enterrar los recuerdos de esa noche en algún lugar muy profundo de su ser, para no revivirlos cada vez que entrara al dormitorio, o cada vez que lo viera en el instituto.

La especialidad de Isa eran los diamantes sin conflicto y, dado que la empresa de Marc era la mayor proveedora de ese tipo de diamantes de Norteamérica, llevaba seis años encontrándose con su nombre en proyectos de investigación, conferencias y escritos.

Con el paso de los años, había conseguido disociar el pasado compartido y el nombre del empresario que tanto salía a relucir en su campo de trabajo. Tras haber vuelto a acostarse con él, tendría que retomar la actitud de los viejos tiempos: ignorar las referencias a su empresa, evitar mencionarlo en sus escritos, simular que no existía. Al menos hasta que su mente se aclarara y fuera capaz de respirar sin sentir que sangraba por dentro.

«Simularlo hasta lograrlo», murmuró como un mantra mientras, ya en la ducha, se frotaba rabiosamente para intentar borrarlo de su piel. Había pasado mucho tiempo simulando que no había vivido en Manhattan durante un año y al final había conseguido sentirse feliz, curada.

De repente, Marc aparecía y todo se tambaleaba. Pero Isa no iba permitir que su vida volviera a convertirse en una vertiginosa montaña rusa de frío y calor. Nunca más.

Marc era demasiado dominante, demasiado voluble; no volvería a dejarse llevar por él.

Había sido divertido cuando no tenía nada que perder, pero ya no era el caso. Tenía una carrera. Tenía amistades. Tenía una vida. Había trabajado demasiado duro para permitir que él lo volviera todo del revés por culpa de errores pasados.

Lo mejor que podía hacer era ignorar a Marc. Lo saludaría con la cabeza cuando fuera inevitable, nada más. No habría interacción ni discusiones y, ante todo, no habría sexo. Cualquier relación con él suscitaría preguntas de sus colegas que no podría contestar. Preguntas sobre un pasado que debía mantener oculto.

Una renombrada experta en diamantes, con acceso a cámaras acorazadas de todo el mundo, no podía ser además la hija del mejor ladrón de joyas de la historia. Las cosas no funcionaban así.

Desde que Marc la había echado a la calle, en Nueva York, solo había podido contar con su trabajo. Eso era lo que la había salvado. Por poderosa que fuera la química, por fantástico que fuera el sexo, jamás arriesgaría su carrera por él.

Algunas cosas eran inviables y, obviamente, su relación con Marc era una de ellas.

Lo único que tenía que hacer era acordarse de eso.

Capítulo Siete

Tenemos un problema.

–¿Qué ocurre? –preguntó Marc. Nic había entrado al despacho como una tromba, sin llamar.

Su hermano golpeó el escritorio con la mano y todo se movió, incluyendo el ordenador portátil y la taza de café. Por precaución, Marc puso la taza en el aparador que había a su espalda.

Después miró a Nic con serenidad. Su hermano no era de los que perdía los nervios por cualquier cosa. En ese momento, Marc veía pánico en sus ojos, y eso lo inquietó bastante.

–Cuéntame.

–Acabo de hablar con una reportera del *LA Times*. Quería que hiciera una declaración antes de enviar a imprenta su reportaje sobre Bijoux, supuestamente revelador.

–¿Revelador? ¿Qué diablos va a revelar? –Marc se puso en pie y rodeó el escritorio–. Entre tú yo controlamos todos los aspectos de la empresa. No ocurre nada sin que lo sepamos.

–Eso es exactamente lo que le dije.

–¿Y? –gruñó–. ¿Qué va a revelar?

–Según ella, que estamos sacando diamantes de zonas de conflicto y certificándolos como sin conflicto, para elevar su cotización y maximizar nuestros beneficios.

–Eso es ridículo.

–¡Ya sé que es ridículo! Y se lo dije. Dice que la información procede de una fuente fidedigna.

–¿Cuál es su fuente?

–No quiso decírmelo –Nic se mesó el cabello con frustración.

–Claro que no te lo dijo, porque la fuente no existe. La historia es falsa. Conozco la procedencia exacta de cada cargamento de diamantes. Inspecciono las minas en persona y con regularidad. Yo soy quien recibe los números de certificación y los únicos que tienen acceso a ellos son nuestros expertos en diamantes, en los que confío plenamente.

–Se lo dije. La invité a venir y a hacer una visita guiada de las nuevas instalaciones y ver cómo funcionan las cosas en Bijoux.

–¿Y qué contestó?

–Que había solicitado una visita y Relaciones Públicas se la había denegado. En cualquier caso, ya es demasiado tarde. El artículo se publicará el viernes y le gustaría incluir nuestras declaraciones.

–Eso es dentro de seis días.

–Ya lo sé. Por eso estoy como loco.

Marc agarró el teléfono y pulsó una tecla de llamada directa. Esperó impaciente la respuesta.

–Hollister Banks al habla.

–Soy Marc. Te necesito en mi despacho ahora.

–Dame cinco minutos.

Sin despedirse, Marc colgó y marcó el número de su mejor inspectora de diamantes.

–Lisa Brown, ¿en qué puedo ayudarle?

Le dijo lo mismo que le había dicho al director de su equipo legal.

–Pero, Marc, acabo de recibir un cargamento…

–Pues mételo en la cámara y ven.

Debió de sonar tan impaciente como se sentía, porque ella no discutió más.

Tres minutos después, Lisa y Hollister llegaron al despacho. Se sentaron en la zona de asientos que había a la izquierda y Nic volvió a contar su conversación con la reportera.

–¿Cuál es la fuente? –le exigió Marc a Lisa, en cuanto Nic acabó de hablar.

–¿Por qué me lo preguntas a mí? No tengo ni idea de quién podría inventarse algo así y vendérselo al *LA Times*. Estoy segura de que no es nadie de nuestro equipo.

–La reportera ha insinuado que es alguien de dentro. Alguien en situación de poder demostrar la veracidad de la información –apuntó Nic.

–Eso es imposible, porque lo que dice esa persona no es verdad. Es ridículo –afirmó Lisa–. Marc y yo somos los primeros y últimos en la línea de mando a la hora de aceptar y certificar los diamantes sin conflicto. Ninguno de los dos iba a cometer un error como ese, y desde luego no mentiríamos respecto a las gemas para ganar más dinero. Incluso si alguien manipulara los diamantes desde que yo los veo hasta que los ve Marc, él se daría cuenta.

–Además, hay cámaras de vigilancia en todas partes, controladas minuto a minuto por guardas de seguridad muy bien pagados, para garantizar que nadie manipula las gemas –añadió Nic.

Es imposible –siguió Lisa–. Marc siempre ha insistido en ser el último en ver las piedras. Verifica su geología y los números de identificación.

–Podría funcionar de una manera –Marc tenía el estómago revuelto–. Que yo estuviera involucrado en la duplicidad lo explicaría todo.

–¡Pero no lo estás! –exclamaron Lisa y Nic al unísono–. Eso es absurdo.

Su fe en él fue lo único bueno de un día que estaba yendo de mal en peor para Marc.

–Es lo que alegarán ellos –dijo Hollister. Su tono dejó claro que él no lo creía.

Bijoux era mucho más que un negocio para Marc, más que frías piedras y dinero. Su bisabuelo había fundado la compañía hacía casi cien años, y desde entonces siempre había sido dirigida por un Durand. Él había dedicado su vida a mantener la tradición y a convertir Bijoux en la segunda distribuidora de diamantes del mundo. La había modernizado y creado un modelo de negocio que no explotaba a la gente que más protección necesitaba. No comerciar con diamantes de sangre ni diamantes de conflicto era una cuestión de honor para él. Ser acusado de lo que más aborrecía lo ponía furioso.

–Me da igual lo que tengas que hacer –le dijo a Hollister–. Quiero que pares esa historia. Hemos trabajado demasiado para convertir esta empresa en lo que es; no podemos sufrir otro revés, y menos de ese tipo. El robo de joyas de hace seis años dañó nuestra reputación y estuvo a punto de arruinarnos. Esto nos perjudicaría tanto que acabaría con nosotros. Incluso si demostramos la falsedad de las acusaciones ante un tribunal y el *LA Times* se retracta públicamente, el daño ya estaría hecho. No estoy dispuesto a permitirlo.

Tuvo que hacer acopio de todo su control para no estrellar un puño contra la pared.

–Llama al editor del *LA Times*. Dile que la historia es pura basura y que si la publica los demandaré y pasaremos años enfrentándonos en los tribunales. Para cuando acabe con ellos no les quedará ni un ordenador a su nombre.

–Haré cuanto esté en mi mano, pero…

–Haz más que eso. Lo que haga falta. Recuérdales que no pueden permitirse pleitear con Bijoux en la actual situación de precariedad de la prensa escrita. Si creen que pueden causarnos pérdidas de billones de dólares con una historia falsa, de fuente anónima, y no pagar las consecuencias, son más estúpidos de lo que puedo imaginar. Puedes asegurarles que si no me dan una prueba fehaciente de la verdad de sus acusaciones, dedicaré mi vida a destruir a cualquier cosa o persona relacionada con el artículo. De paso, deja muy claro que nunca amenazo en vano.

–Lo haré –Hollister hizo una pausa–. Pero si pones en tu contra al periódico de mayor tirada de la Costa Oeste y resulta que estás equivocado…

–No lo estoy. No comerciamos con diamantes de conflicto y nunca lo haremos. Quien diga lo contrario es un maldito mentiroso.

–Tenemos que hacer algo más que amenazarlos –intervino Nic–. Necesitamos demostrar que los que se equivocan son ellos.

–¿Y cómo vamos a hacer eso? –preguntó Lisa–. Sin conocer la información y sin saber quién se la proporciona, ¿cómo vamos a contradecirles?

–Contratando a un experto en diamantes de conflicto –sugirió Hollister–. Lo llevaremos a Canadá y dejaremos que examine las minas que nos abastecen. Después lo traeremos aquí y le daremos acceso a todo lo que quiera. No tenemos secretos, al menos en cuanto a los diamantes se refiere. Eso podemos demostrarlo.

–Podríamos tardar semanas en conseguir un experto de ese calibre –protestó Lisa–. Apenas hay una docena de personas en el mundo cualificadas para certificar nuestros diamantes. Incluso si ofrecemos pagar el doble de la cuota habitual, podría no haber ninguna disponible.

–Sí que la hay –dijo Nic, mirando a Marc de reojo–. Vive aquí, en San Diego, y es profesora en el GIA. Ella podría hacerlo.

Marc maldijo para sí. Desde el momento en que Hollister había sugerido contratar a un experto, había sabido cómo iba acabar la cosa.

–Hermano, se diría que acabas de tragarte un bicho –bromeó Nic.

Marc se sentía peor que si lo hubiera hecho. No iba a llamarla. No podía hacerlo, teniendo en cuenta el pasado distante y lo ocurrido entre ellos la noche anterior. Ella se reiría en su cara. Y si no lo hacía, los sabotearía deliberadamente. No podía dejar el futuro de la empresa en sus manos. Así que rechazó la propuesta de Nic.

–¿No eras tú quién decía que no podemos andarnos con tonterías? –Nic lo miró exasperado–. Isa está aquí, tiene la experiencia necesaria y, si pagas bien y buscas a alguien que dé sus clases, es posible que acepte. Es perfecto.

–Tendrías que llamarla –le urgió Hollister.

–Sí, desde luego –afirmó Lisa–. Había olvidado que Isabella Moreno está aquí. Nos hemos visto unas cuantas veces y es encantadora. Hay que contratarla. Si quieres, puedo hablar yo con ella.

Marc estuvo a punto de aceptar el ofrecimiento. Pero a Isa le parecería un desprecio peor aún que el de esa mañana. No podía permitirse contrariarla cuando podía ser su única opción para salvar a Bijoux de la ruina.

No se le escapó la ironía de la situación.

–No –le dijo a Lisa–. Yo me encargaré de convencerla –lo dijo con más confianza de la que sentía, pero era consciente de que no podía fallar. El negocio familiar dependía de ello.

Haría lo que hiciera falta para convencer a Isa.

Capítulo Ocho

Isa estaba en pleno frenesí de limpieza, restregando todo lo que hubiera podido tocar Marc. Le parecía que todo olía a él. El muy desconsiderado había dejado la casa impregnada de su olor a miel y pino.

Estaba de rodillas en la cocina, cuando sonó el timbre. No tenía ganas de hablar con nadie, pero quienquiera que fuese empezó a dar golpes en la puerta.

Se quedó helada al ver a Marc. Le cerró la puerta en las narices sin pensarlo un segundo. Después se apoyó en ella y se obligó a llenar los pulmones de aire.

Tras verlo marchar esa mañana, había estado segura de que no volvería a verlo, excepto tal vez en el campus y a distancia. De hecho, había contado con ello. No estaba preparada para verlo, era demasiado pronto.

–Abre, Isa –dijo Marc golpeando la puerta.

Ella se planteó ignorarlo, pero abrió la puerta.

–Hola, Marc –dijo. Una sonrisa forzada curvó sus labios–. Disculpa. Es que estaba haciendo algo que... –no terminó la frase. No sabía por qué Marc Durand tenía la capacidad de transformarla en una especie colegiala balbuceante, pero no le gustaba nada.

–¿Puedo entrar? –inquirió él.

«No», pensó Isa. Había pasado las dos últimas horas erradicándolo de su casa, y él pretendía volver a impregnarla con su olor, su personalidad y esas enormes manos que había utilizado para llevarla al orgasmo una y otra vez.

Ni podía ni debía entrar.

Pero, en vez de volver a cerrar la puerta, dio un paso atrás y le cedió el paso.

–Sí, claro. ¿Vienes a por los calcetines?

–¿Calcetines? –Marc enarcó las cejas.

–Sí –carraspeó–. Son bonitos. Los encontré cuando ordenaba. Se te olvidarían esta mañana –Isa deseó que se la tragara la tierra. Estaba hablando como si tuviera doce años.

–Ah, gracias. No me había dado cuenta.

–¿Cómo es posible que no te des cuenta de que no llevas calcetines con unos zapatos de vestir? –miró sus tobillos dubitativa–. Aunque sean zapatos de Hugo Boss, no pueden ser tan cómodos –Isa se mordió el labio, avergonzada. Cualquiera pensaría que los calcetines eran su obsesión personal.

–He tenido otras cosas más importantes en mente –contestó Marc, impasible.

Durante un instante, Isa pensó que se refería a ella. A ambos. Sintió un cosquilleo en el estómago, pero su cerebro le gritó que no reaccionase. Se recordó que no lo quería en su vida y que él no podía quererla en la suya. Habían pasado demasiadas cosas feas entre ellos.

–Entonces, ¿qué haces aquí? Ando escasa de tiempo. Tengo una cita dentro un par de horas y necesito arreglarme.

–Tienes una cita –lo dijo con voz templada e inexpresiva. Ella habría podido pensar que denotaba incredulidad o indiferencia, pero captó una chispa de ira en sus ojos.

–Sí.

En realidad era un cóctel para celebrar la inauguración de una prestigiosa colección de joyas que exhibía una de sus antiguas alumnas, pero no iba a decírselo a Marc. Bastante la había humillado ya esa mañana al irse sin mirar atrás.

–¿Con ese profesor de ayer? –la voz se convirtió en un gruñido, y sus ojos oscurecieron un poco. De repente, entró en la casa a grandes zancadas y la arrinconó contra la pared.

–No es asunto tuyo –alzó la barbilla y lo miró a los ojos. No iba a dejarse dominar tan fácilmente.

–Sí que lo es –afirmó él, poniendo una mano en su cuello y frotando con el pulgar el moretón que le había hecho la noche anterior.

–No lo es –le aseguró ella. Luchaba contra la excitación que le estaba provocando su caricia.

–Sí –le masajeó la clavícula con los dedos y luego los subió hasta su mejilla–. Yo soy quien estuvo dentro de ti hace unas horas. Quien te llevó al orgasmo más de una vez. Quien te hizo suplicar.

–Puede. Pero también eres quien parloteaba de clausura mientras salía de aquí a toda prisa esta mañana –Isa quería ocultar cuánto la estaban afectando sus palabras y el tono sensual de su voz.

–Yo no parloteo –refutó él.

–Y yo no suplico –replicó ella.

–Anoche sí lo hiciste –puso la otra mano en su cintura e inclinó la cabeza hasta que sus labios estuvieron a escasos centímetros de los de ella.

Los músculos de Isa se aflojaron y se apoyó en él un segundo, que luego fueron dos y tres. Cuando él llevó la mano a su nuca y jugueteó con su pelo, estuvo a punto de rendirse. Su cuerpo reclamaba el insidioso placer que él provocaba con sus dedos, labios y piel.

De repente, afloró el recuerdo de cómo la había echado a la calle años antes y del dolor que le había causado esa misma mañana y decidió no rendirse a su magnetismo sexual. Empujó su pecho con la mano y consiguió escabullirse.

–Estoy bastante segura de que no fui la única que suplicó ayer –le lanzó por encima del hombro, yendo hacia cocina.

–¡Bien dicho! –Marc soltó una carcajada. Eso la desconcertó. Era la primera vez que oía su risa desde que había entrado en el aula.

–¿Por qué estás aquí, Marc? –le preguntó, tras beberse un vaso de agua helada–. Creo que ya nos dijimos cuanto había que decir esta mañana, antes de que te fueras.

–Sé que fui un poco áspero… –hizo una mueca.

–¡No me vengas con esas! No fuiste áspero, fuiste terminante. Te acostaste conmigo a modo de clausura, para poder seguir adelante con tu vida –echó un vistazo al reloj de pared de la cocina–. Prueba otra vez. ¿Qué quieres en realidad?

–A ti –dijo él tras un largo silencio.

–Vuelve a probar –le espetó ella con desdén–. Me has tenido, dos veces. Y ambas han terminado contigo echándome a la calle de una patada.

–Esta mañana no te eché a la calle…

–No, porque esta es mi casa, pero lo hiciste metafóricamente hablando –encogió los hombros para simular indiferencia–. Clausura, venganza, lo que sea, lo entiendo. Pero por qué estás aquí ahora. ¿Qué quieres?

–Necesito tu ayuda.

Capítulo Nueve

¿Mi ayuda? –lo miró con incredulidad.

–Sí.

Marc no había pretendido ponerse posesivo, ni agobiarla. Estaba allí porque necesitaba su ayuda profesional, no para acostarse con ella. O al menos, esa era la mentira que se contaba.

–Explícate –Isa sacó un del armario, lo llenó de agua helada y se lo dio.

Marc le contó lo del artículo y cuánto podía dañar a Bijoux si se publicaba. Y también que necesitaban algún experto que certificara que en su stock no había ningún diamante de conflicto.

–Hay otros expertos. Podrías habérselo pedido a una docena de personas, pero has recurrido a mí.

–Sí.

–¿No pretenderás utilizar nuestro pasado en común para influir en el informe?

–Eso no hará falta –dijo Marc, furioso–. Cuando investigues Bijoux comprobarás que solo utilizamos diamantes de fuentes responsables. Te aseguro que no hay ni un diamante de conflicto ni de sangre en nuestras cámaras acorazadas.

–Eso es mucho asegurar. ¿Cómo lo sabes?

–Porque examino todos los diamantes que pasan por Bijoux. Me aseguro de que su procedencia geológica es la que certificamos.

–¿Todos? –preguntó, escéptica–. Debéis de procesar unos diez mil al mes.

–Más. Y sí, miro cada uno de ellos.

–¿Cómo puedes tener tiempo para eso y encima dirigir la empresa?

–Hago tiempo. Sé que debo parecer un obseso del control, pero me da igual. Mi empresa estuvo a punto de hundirse una vez porque me descuidé. Te garantizo que eso no volverá a ocurrir.

Marc vio que ella hacía una mueca. Se recordó que, considerando cuánto necesitaba su ayuda, tenía que dejar de echarle ese asunto en cara. Pero era cierto que su forma de dirigir la empresa tenía mucho que ver con lo ocurrido seis años antes.

Isa lo miró con cierto pesar, y Marc intuyó que iba a decirle que no.

–No puedo hacerlo –dijo, tras un largo silencio.

–Querrás decir que no quieres hacerlo.

–No. Digo que no puedo. Tengo muchas clases este semestre y estoy preparando un proyecto…

–No te quitará mucho tiempo. Un día y medio, dos a lo sumo, para viajar a Canadá. Y un par de días en la sede de Bijoux, comparando la composición mineral de mis diamantes con la de las minas canadienses. Incluso si hicieras un muestreo de números de serie, cargamentos y documentación, no tardarías mucho más que eso.

–Eso en el mejor de los casos, si no encuentro irregularidades.

–No las encontrarás –aseguró él. Lo sabía todo sobre su empresa, y por Bijoux no pasaba ningún diamantes de conflicto. Nic y él trabajaban mucho para asegurarse de ello.

–No puedes garantizarlo –reiteró ella.

–Claro que puedo. Mi empresa está limpia. Mis gemas proceden de Canadá y Australia, y están documentadas desde que salen de la mina hasta que llegan a mí. No hay irregularidades.

–¿No compráis en África ni en Rusia?

–No.

–Pues allí también hay minas que certifican diamantes sin conflicto, de acuerdo con el sistema de garantías del proceso Kimberley.

–Pero eso no me garantiza que no empleen a menores de edad en las minas, y la explotación infantil los convertiría en diamantes de sangre. Además, desconozco a qué destinan los beneficios. La mayoría de las minas que utilizo en Canadá y Australia tienen accionistas que exigen dividendos, o siguen un sistema contable abierto y muy riguroso. Mis diamantes son todo lo limpios que pueden ser, Isa. Créeme.

Ella farfulló algo que sonó a «ya, claro».

Marc se sintió ofendido. Isa no tenía razones para no creerlo. Nunca la había traicionado. Era el primero en reconocer que había actuado como un bruto cuando la echó a la calle, pero él no había intrigado a su espalda ni le había mentido una y otra vez por un desacertado sentido de la lealtad. Ese había sido el *modus operandi* de ella.

Iba a ironizar al respecto, pero la necesitaba más que ella a él. Así que, en vez de iniciar una batalla que no podía arriesgarse a perder, se mordió la lengua. Se había jurado no volver a darle a una mujer poder sobre él, y allí estaba, dándoselo precisamente a la mujer que había estado a punto de destruirlo.

–Es un encargo de corta duración, pero podría ser

muy lucrativo para ti. Estoy dispuesto a duplicar, o triplicar, tu tarifa habitual.

–¿Intentas chantajearme para que certifique que tus diamantes son libres de conflicto? –se sentía como si la hubiera abofeteado.

–¿Chantajearte? –su enfado se convirtió en furia–. Ya te he dicho que no tengo razones para preocuparme. No necesito que mientas sobre mi empresa.

–Entonces, ¿a qué viene el plus? Mi tarifa habitual es tan elevada que la mayoría de las empresas se echan a temblar.

–Eres muy suspicaz.

–Tengo razones para serlo, admítelo.

Marc no estaba de acuerdo, pero se lo calló.

–Bijoux no es la mayoría de las empresas. Y el encargo es urgente. Pretenden publicar ese ridículo reportaje el viernes. Si no lo impido, destrozará mi negocio. ¿Por qué diablos no iba a pagarte el doble si con ello consigo que aceptes? –su voz sonó más que ácida.

–Sabes que no va a funcionar, ¿verdad? –dijo ella, tras observarlo unos segundos en silencio.

–Funcionará. No puedo perder mi empresa.

–No me refiero a la certificación. Hablo de trabajar juntos. Tienes que buscar a otra persona.

–Nadie está disponible con tan poco aviso.

–¿Has hecho alguna llamada?

–No.

–¿Y cómo sabes que no hay nadie disponible? Stephen Vardeux, en Nueva york, y Byron M…

–No quiero a otra persona –interrumpió él–. Te quiero a ti.

–¿Por qué? –dijo, con suspicacia y frustración–. Porque crees que puedes usar el pasado…

–¡Maldita sea! –rugió él–. ¿Qué te he hecho yo para hacerte creer que te usaría de esa manera?

–Oh, no sé. ¿Hacer que me enamorara de ti para luego descartarme como si fuera basura?

–Eso no fue lo que ocurrió –Marc se había quedado helado.

–Ya lo sé –dijo ella, aunque la expresión de su rostro no indicaba lo mismo.

–Tú nunca me quisiste –dijo él. Lo asombró que le temblara la voz–. Me traicionaste.

–No te traicioné. Estaba entre la espada y la pared. Dividida entre dos situaciones insostenibles.

–¿Estar conmigo era una situación insostenible?

–¡No tergiverses mis palabras!

–No lo hago. Deberías pensar antes de hablar.

–¡Dios! –exclamó ella con exasperación, yendo hacia la puerta de entrada–. Ya te he dicho que esto no funcionaría. Tienes que irte.

–No pienso irme a ningún sitio –replicó él agarrando su brazo.

–Pues aquí no vas quedarte.

–¿Quieres apostar algo?

–¡Tienes que irte!

–Me iré cuando vengas conmigo.

–No iré contigo a ningún sitio. ¡Ni ahora, ni nunca! –gritó ella. Respiraba con agitación y tenía las mejillas arreboladas. Algunos mechones de pelo, escapados del recogido que llevaba en lo alto de la cabeza, se agitaban como llamas alrededor de su rostro.

Estaban en medio de una discusión, y Marc nunca la había visto tan bella, tan atrayente, tan deliciosa. Solo podía pensar en apoyarla en la pared más cercana y hacerle el amor hasta que ambos olvidaran todo lo que tenían uno en contra del otro. Hasta que el pasado dejara de importar.

Sin poder evitarlo, la agarró y la atrajo hacia su cuerpo. Ella soltó un gritito y puso las manos en sus hombros, pero Marc no sabía si pretendía agarrarlo o apartarlo. Por el modo en que arqueó el cuerpo hacia él, ella tampoco estaba segura.

Notó la presión de sus pezones en el pecho y deseó meter una mano entre sus muslos, para comprobar si estaba tan excitada como él. Tan húmeda y caliente como la noche anterior.

Loco de lujuria y deseo, bajó la cabeza para atrapar su boca. Ella estuvo a punto de permitirlo, pero acabó dándole de un empujón. Se apartó de él y dio unos pasos hacia atrás.

Él no la detuvo. No la agarró para que volviera a sus brazos, que era donde debía estar. Por más que la deseara, en cuestiones de sexo e intimidad, nunca le impondría su voluntad. Ni aun sabiendo, como sabía, que ella también lo deseaba.

–Vete –su voz sonó grave y rota.

–No puedo. Yo... –estuvo a punto de decir «te necesito», lo que habría sido desastroso. Si a él mismo le costaba admitirlo, no iba a admitirlo ante ella.

–Busca a otra persona que mienta por ti –le espetó–. Yo no lo haré.

Esas palabras sacaron a Marc de la neblina sexual que lo había asaltado al tocarla. Tenía un problema, necesitaba una solución y sabía que la solución era ella. No solo porque fuera una de las mejores en su trabajo, también porque, a pesar de todo, confiaba en que no lo engañaría. Era sorprendente, dado su pasado, pero no por ello menos cierto. Sabía que lo había engañado una vez, callando lo que sabía mientras él intentaba descubrir al autor del robo de diamantes que casi había arruinado su empresa y, por si eso fuera poco, le había suplicado que librara a su padre de la cárcel.

Pero esa había sido una situación muy distinta. Tenía la certeza de que no lo engañaría con la certificación y la esperanza de que no volvería a engañarlo nunca en nada.

–Me lo debes, Isa –le dijo.

–Eso no es justo.

–¿Crees que me importa la justicia ahora mismo? Mi empresa está en juego. Me lo debes –repitió–. Así es como quiero cobrarme tu deuda.

Ella palideció y apretó los labios con fuerza. Negó con la cabeza y dio un paso atrás.

–No puedo irme sin más. Tengo planes…

Marc perdió la paciencia. No consentiría que le diera la espalda porque tenía una cita con otro hombre. Era él quien había pasado la noche con ella y quien estaba allí, casi suplicando que lo ayudara.

–Pues cancélalos –gruñó–. O…

–¿O qué? –lo retó ella, alzando la barbilla.

Marc había estado a punto de sugerir que la llevaría al aeropuerto después de su cita, pero lo sacó de quicio que creyera que iba a amenazarla. Decidió que si eso era lo que esperaba de él, lo haría.

–O acabaré con esa nueva identidad que has asumido. Contaré a la facultad, a la prensa y a cualquiera que quiera escucharlo, quién eres en realidad. ¿Qué te parecería eso?

–No te atreverías.

–Te sorprendería lo que puedo llegar a hacer.

–Entonces te quedarías sin testimonio pericial.

–Ya. Pero, según lo que has dicho, ya me he quedado sin él. ¿Qué tengo que perder?

–Eres un auténtico bastardo, ¿lo sabías? –lo miró con ojos llameantes, pero húmedos.

Saber que había llevado a esa mujer tan fuerte al borde de las lágrimas, hizo que Marc se sintiera, de hecho, como un bastardo.

–Mira, Isa…

–Lo haré –interrumpió ella–. Pero eso ya lo sabías, ¿verdad?

Él no supo si sentirse aliviado o molesto por su consentimiento. Se sentía culpable, eso sí lo sabía. Una parte de él deseaba decirle que olvidara el asunto, la visita y la amenaza. Pero también sabía que si el *LA Times* publicaba el artículo, sufrirían un gran descalabro. Bijoux daba trabajo a miles de personas, que podrían quedarse sin empleo. Tenía que hacer lo posible por impedirlo.

–¿Adónde vas? –preguntó, al ver que Isa se alejaba por el pasillo.

–A hacer el equipaje. ¿Te parece bien?

Marc no contestó. El tono de su voz y su expresión habían dejado claro que sería como adentrarse en un campo de minas. Se conformó con decir «Muchas gracias».

–Oh, no me lo agradezcas aún. Crees que llevas las de ganar, pero si uno solo de tus diamantes no tiene la composición correcta, te crucificaré ante la prensa. Y al diablo con las consecuencias.

Él no pudo evitar sonreír, a pesar de la amenaza. Su fogosidad había vuelto y se alegraba. A pesar del pasado y de sus diferencias, nunca había querido hacer llorar a Isa.

Capítulo Diez

–¿A qué mina iremos primero? –preguntó Isa. El piloto del jet privado de Bijoux acababa de anunciar que aterrizarían en Kugluktuk veinte minutos después. Eran las primeras palabras que le dirigía a Marc desde que habían subido al avión, siete horas antes.

–Hoy iremos a Ekaori, mañana te llevaré a Lago Viña y a Río Nieve.

Ella asintió, era lo que había esperado. Ekaori extraía diamantes para varias empresas fabricantes de joyas, al igual que Lago Viña. Pero Río Nieve era propiedad de Bijoux y no trabajaba con otras empresas. Si encontraba algo sospechoso, suponía que sería allí. Era más fácil poner en marcha una estafa, o un robo, cuando se tenía el control de la producción en bruto.

Mientras descendían, entraron en una zona de turbulencias. Siempre que Isa había volado a Kugluktuk para visitar minas ocurría lo mismo. Estaban a unos ciento cincuenta kilómetros del Círculo Polar Ártico, y el tiempo allí era impredecible, incluso en verano.

Notó que Marc estaba esforzándose para ignorar las turbulencias. Una mano seguía sobre la pantalla táctil de su ordenador portátil, pero la otra aferraba el brazo del asiento como si eso fuera lo único que podía mantener el avión en el aire.

Era tan controlador que poner su destino en manos de otra persona tenía que irritarlo mucho.

Instintivamente, se inclinó hacia delante, puso una mano sobre la suya y apretó suavemente.

Marc estaba sentado frente a ella, así que cuando alzó la vista sus ojos se encontraron. Isa notó que se relajaba un poco.

–Pronto aterrizaremos –dijo él con voz más grave de lo normal, como si quisiera tranquilizarla.

–No estoy preocupada –mintió ella. Lo estaba y mucho, pero no por la turbulencia y el aterrizaje, sino por estar allí con Marc. Por lo bien que se sentía al tocarlo. Porque, a pesar de todo, una parte de ella seguía queriéndolo y siempre lo querría.

Se le encogió el estómago al pensarlo. Solo se le ocurría una estupidez mayor que haber dejado que Marc Durand se metiera en su cama la noche anterior: dejar que volviera a hacerlo. Él no confiaba en ella, no la quería y era capaz de recurrir al chantaje si la situación lo requería. No entendía por qué demonios su cuerpo seguía reaccionando a él, ni por qué quería tranquilizarlo cuando él nunca había hecho lo mismo por ella. Sintiéndose como una idiota, empezó a echarse hacia atrás.

–Por favor –Marc puso la mano que tenía libre sobre la de ella, atrapándola–. No.

Sus ojos volvieron a encontrarse. Isa ya no vio nerviosismo en ellos, pero sí algo que la dejó sin aliento y le puso los nervios a flor de piel: pasión. Eso tendría que haber bastado para que se alejara de él y lo mantuviera a distancia.

Su ruptura, tras de suplicarle que no demandara a su padre enfermo –aun sabiendo que eso le haría perder gran parte de lo que tanto se había esforzado por lograr–, casi la había matado. Lo peor no había sido que la echara a la calle una lluviosa y gélida noche de invierno, sino saber que había herido a Marc de forma irremediable.

Por culpa de sus padres, que siempre habían se habían preocupado más por el dinero y el estatus que por sus propios hijos, Marc confiaba en muy pocas personas. Pero había confiado y creído en ella que, al final, había rasgado en jirones esa confianza defendiendo a su padre, un ladrón de joyas, en vez de a él.

No se sentía orgullosa de ello, pero ¿qué otra cosa podría haber hecho? Su padre, viejo y enfermo, se estaba muriendo. No podía permitir que acabara su vida en prisión. Él le había enseñado el mundo y que lo importante eran las aventuras y la gente, no el dinero. La había enseñado a robar, sí, pero lo adoraba. Que hubiera rechazado esa vida tras conocer a Marc, no implicaba que pudiera rechazar a su padre.

Así que se había puesto en contra de Marc, o al menos eso pensaba él. Le había suplicado que lo entendiera, que la amara como ella a él, sin conseguirlo. Él solo veía su traición.

El avión empezó a descender. La primera vez que había volado a Kugluktuk, también a mediados de julio, la había sorprendido el exuberante verdor del paisaje. Había creído, equivocadamente, que la nieve y el hielo nunca se derretían tan al norte, pero la tierra no volvería a cubrirse de blanco hasta septiembre, con el primer gran descenso de las temperaturas.

Unos minutos después bajaron del avión. La temperatura ambiente era de unos diez grados, pero hacía mucho viento. Estremeciéndose, se arrebujó en la chaqueta, echando de menos la bufanda que había olvidado sobre la cama. No habría cometido ese error si no hubiera estado tan enfadada con Marc mientras hacia el equipaje.

–Toma la mía –Marc le puso una bufanda negra de cachemir.

–Déjalo. Estoy…

–Estás helada. Y como soy la razón de que estés aquí, lo menos que puedo hacer es abrigarte –puso una mano en su espalda y la guio hacia el helicóptero, que esperaba a unos metros de allí.

Ella sabía que debería apartarse. Seguía furiosa con él por haberla chantajeado y por cómo se había ido de su casa después de hacerle el amor toda la noche. Tendría que estar corriendo en dirección opuesta, no aceptando su bufanda y derritiéndose cuando la tocaba. Aceleró el paso para dejar atrás esa mano que quemaba su espalda.

El viaje en helicóptero fue muy corto. Llegaron a Ekaori desde el norte. Siempre la impresionaba ver la mina desde el aire, porque parecía una piscina tallada en el granito. El cráter se debía a muchos años de minería de superficie que agotaron los diamantes, haciendo necesario profundizar.

Aterrizaron en el helipuerto que había junto al edificio principal. Marc bajó primero y le ofreció la mano para ayudarla. Isa intentó convencerse de que la aceptaba solo por educación, no porqué quisiera sentir el tacto de su piel.

El director de la mina los esperaba con una gran sonrisa en el rostro. Isa había visitado esa mina al menos cinco veces, pero Kevin Hartford nunca había salido a recibirla; ni siquiera lo había visto de cerca.

Obviamente, Marc ya le había explicado lo que necesitaba, porque Kevin, tras unos minutos de charla cortés, llevó a Isa al laboratorio. Allí era donde los técnicos grababan a láser un número de serie y un símbolo, un cachorro de oso polar, en cada piedra apta para joyería. Era el primer paso de una larga serie, que permitía a inspectores y compradores seguir la pista de un diamante desde la mina hasta la tienda en la que se vendía.

Kevin le dio un archivador con un listado impreso de los números de serie que habían adjudicado a los diamantes entregados a Bijoux en los últimos tres años. Eran muchísimos.

Después, fueron a la planta de cribado donde miles de kilos de roca eran analizados, primero por máquinas y luego por personas, en busca de depósitos de kimberlita, la sustancia que creaba la mayoría de los diamantes. Tras separar la kimberlita, se realizaba un segundo cribado para encontrar los diamantes propiamente dichos.

Isa tomó muestras de roca y de kimberlita para determinar su contenido mineral cuando regresara al GIA. El proceso le parecía innecesario, ya había examinado los minerales de esa mina y de todas las de la zona muchas veces, pero como el negocio de Marc dependía de que siguiera las reglas a rajatabla, lo haría.

Aunque nunca lo habría admitido ante él, sobre todo después de que la hubiera chantajeado, sí se sentía en deuda con él por haber librado a su padre de la cárcel y por las consecuencias que eso había tenido para Bijoux. Lo menos que podía hacer era asegurarse de que su informe fuera intachable.

Cuando acabaron de visitar las instalaciones era demasiado tarde para bajar a la mina. No le importó, porque ya había estado allí. Además, el proceso de documentación e identificación se iniciaba cuando separaban las gemas de la roca y las clasificaban para uso industrial o de joyería, dependiendo de su calidad.

–Sé que no querías hacerlo, pero te agradezco que hayas venido –le dijo Marc, ya de vuelta en el helicóptero, camino de Kugluktuk–. Supe que eras la persona adecuada desde el primer momento, pero tras observarte hoy, no hay duda posible. Estoy muy agradecido por tu ayuda.

Parecía tan sincero que, aunque seguía dudando de sus motivos, Isa no pudo sino ablandarse.

–Solo hago mi trabajo, Marc.

–Lo sé. Pero teniendo en cuenta cómo te obligué a aceptar, a mucha gente le parecería justificable que aprovecharas la oportunidad para vengarte. Podrías destruirme si quisieras hacerlo, y me lo tendría bien merecido.

–¡Nunca haría eso! –la horrorizó que él lo pensara–. No miento, y menos en estos casos...

–Lo sé –repitió él. Esa vez fue él quien puso la mano sobre la suya–. Lo que estoy intentando, por lo visto muy mal, es pedirte disculpas.

Ella lo miró atónita. Ese Marc, humilde, abierto y generoso, era el Marc del que se había enamorado años atrás. El Marc que la había abrazado y reído con ella, el que la había incluido en sus planes de futuro. Aunque se había prometido no bajar la guardia, su resolución y sus defensas empezaron a tambalearse.

Por esa razón, en cuanto el helicóptero aterrizó en el aparcamiento del hotel, recogió sus cosas y bajó. Mientras Marc quedaba con el piloto para el día siguiente, ella fue a recepción a registrarse. Para cuando él llegó, ya tenía las llaves de las habitaciones.

–Te veré por la mañana –le dijo, simulando un entusiasmo que estaba lejos de sentir.

Marc arqueó una ceja y ella se quedó sin aire. Siempre estaba guapísimo, pero esa maldita ceja, medio interrogante, medio irónica, le había acelerado el corazón desde el día que lo conoció. Por desgracia, seguía teniendo el mismo efecto.

–Había pensado invitarte a cenar –dijo él–. El restaurante del hotel es bastante bueno, y el pollo frito del Coppermine Café, al otro lado de la calle, es excelente.

–La verdad es que estoy cansada. No dormí mucho –calló al ver la sonrisa de Marc. Él sabía muy bien cuánto había dormido, dado que se había pasado la noche despertándola para hacerle el amor.

–Será una cena rápida. Podemos subir el equipaje y luego…

–¡No! –Isa no era ninguna estúpida. Era consciente de sus debilidades y sabía que si Marc seguía sonriendo y tocándola, acabaría en la cama con él. No podía volver a cometer ese error si quería salvaguardar su corazón y su vida.

Seis años antes había amado a Marc con desesperación. Dividida entre él y su padre, había hecho la única elección posible, pero no porque hubiera dejado de quererlo.

Entendía lo que había sido para él la noche anterior: una especie de exorcismo para poder olvidarla. Tenía que tener eso muy presente. Pagaría su deuda y se alejaría de él con la conciencia tranquila y el corazón entero.

Al menos, ese era su plan. Un plan que se iría al garete si aceptaba una cena, seguida de una copa de vino en su habitación y otra noche de sexo inigualable. Marc solo la había invitado a cenar, pero lo conocía bien y sabía cómo funcionaba su mente. Si no huía de inmediato, acabaría en la cama debajo de él antes de que la noche llegara a su fin.

–Creo que pediré un tentempié al servicio de habitaciones y me acostaré –dijo–. Estoy rendida.

Marc parecía descontento con su respuesta, pero no podía llevarla a cenar a rastras.

–Bueno. Tendré que conformarme con invitarte a desayunar –se inclinó hacia delante para pulsar el botón del ascensor y, aunque había sitio de sobra, se aseguró de rozar su costado con la mano.

Isa tuvo que tragarse un gemido. Se dijo que había sentido una llamarada porque él tenía la piel más caliente, no porque el roce la hubiera excitado. No lo creía, pero bastaría con simularlo.

«Simularlo hasta lograrlo».

Ese había sido su lema mientras crecía. No se le daba bien mentir, pero era una excelente actriz. Siendo hija, y cómplice, del ladrón de joyas más famoso del mundo, tenía que serlo a la fuerza.

«Simularlo hasta lograrlo».

Había seguido el mismo lema cuando Marc la echó de su lado. Pasó meses sin fuerzas ni ánimos para levantarse, pero se obligaba a hacerlo. Su padre estaba muriéndose y la necesitaba. Así que forzaba una sonrisa y simulaba que todo iba bien, aunque por dentro estaba rota en mil pedazos.

Se había recompuesto con el tiempo y no iba a rendirse a una sonrisa y una ceja, por sensuales que fueran. Marc la había roto una vez; se habían roto el uno al otro. No pasaría por eso de nuevo.

Capítulo Once

No sabía qué le pasaba a Isa pero, fuera lo que fuera, no le gustaba. Estaban en Río Nieve, la mina de Bijoux, que solo extraía diamantes para la propia empresa. Miró a su alrededor e intentó no fruncir el ceño. No por la mina, ni por las preguntas que estaba haciendo Isa, sino porque ella llevaba todo el día ignorándolo.

Tenía que admitir que el día anterior no había ido bien; había empezado diciéndole a Isa que se había acostado con ella para librarse de los fantasmas de su pasado en común. Después la había chantajeado para que lo ayudara. Se había puesto furiosa con toda la razón del mundo.

Pero en el avión parecía haberse ablandado. Había recordado que lo ponía nervioso volar y había intentado tranquilizarlo. Incluso le había sonreído y permitido que la tocara al bajar del avión. A lo largo del día, había visto cómo pasaba de examante furiosa a profesional experta y volcada en su trabajo, aunque implicara ayudarlo.

Su generosidad había hecho que se sintiera fatal; quería pedirle perdón y compensarla por su maltrato. Ella había aceptado su disculpa, pero se había negado rotundamente a cenar con él, que solo pretendía hacer las paces y charlar un rato. No podía negar que su rechazo le había dolido.

Y eso era absurdo. Habría entendido que le picara

el orgullo o lo enfadara, pero no que le doliera. Hacía ya mucho tiempo que no amaba a Isa. Le había costado conseguirlo, pero ya no la quería.

La deseaba, eso sí, igual que haría cualquier hombre con sangre en las venas. Era guapa, inteligente, generosa, tenía sentido del humor y un cuerpo que quitaba el hipo. Pero que la deseara y respetara como profesional no significaba que estuviera volviendo a enamorarse de ella. Y mucho menos que la amara.

Isa estaba haciéndole un favor enorme, pero no iba a ser tan estúpido como para volver a confiar en ella plenamente. Y ni en broma iba a enamorarse, por mucho que su cuerpo la deseara.

Observó cómo encandilaba al director de la mina, un viejo gruñón llamado Pete Jenkins. Marc siempre había creído que era imposible caerle bien a Pete, pero Isa lo había conseguido en menos de una hora. Un par de sonrisas, unas cuantas preguntas bien hechas y tenía al veterano de la industria del diamante comiendo de su mano.

Isa siguió evitándolo hasta que se despidieron y fueron hacia el helicóptero que los llevaría al aeropuerto, donde esperaba el jet privado. Marc estaba tan irritado que se planteó agarrarla del brazo y aclarar las cosas allí mismo, pero justo entonces Pete lo llamó. Él se dio la vuelta y ella siguió andando.

–¿Qué quieres, Pete? –preguntó con una sonrisa forzada.

–Me preguntaba si has tenido tiempo de ver los planos de la ampliación. La superficie exterior tardará unos dieciocho meses en estar seca, pero tenemos que empezar a construir los túneles si no queremos que la mina se quede parada en un futuro no muy lejano.

–Sí, pero hay un par de cosas que no me convencen, así que se los he enviado a los arquitectos para que las corrijan. Estarán listos en un par de semanas. Hablaremos entonces.

–Son las medidas de los bloques de contención, ¿no? –Pete se rascó la barbilla.

–Sí. Ese espaciado no sirve para esta mina –no le sorprendía que Pete también se hubiera dado cuenta–. Funcionaría en Ekaori, pero las venas de kimberlita son muy distintas en esta zona.

–El trazado de túneles que sugerían habría acabado costando mucho más de lo necesario.

–Así es. Al geólogo y a mí también nos preocupó eso, teniendo en cuenta el compuesto mineral del terreno. Es distinto al de Ekaori. Sabes que para mí la seguridad de los trabajadores es fundamental, lo último que quiero es un derrumbamiento.

–Lo sé. Por eso quería hablar contigo. Suponía que estaríamos de acuerdo, pero no hace ningún daño comprobarlo.

–No, no hace ningún daño –corroboró Marc.

Se despidió y fue hacia el helicóptero, rumiando las palabras de Pete. Era un buen consejo, sobre todo cuando una de las partes era una pelirroja testaruda, con mente despierta y un cuerpo con curvas que quitaban el aliento.

Isa siguió sin hacerle caso en el helicóptero, pero como era un viaje corto y compartían cabina con el piloto, lo dejó pasar. Esperaría a que estuvieran en el avión, en privado y con tiempo de sobra para averiguar por qué había decidido ignorarlo justo cuando, en opinión de Marc, empezaban a llevarse mejor.

Lo haría con sutileza, haciéndole preguntas que la

obligaran a hablarle. Si se centraba en temas de trabajo, no podía negarse a compartir su opinión. Al fin y al cabo, ese era un viaje de negocios.

Por desgracia, para cuando estuvieron en el avión y a punto de despegar, su furia se desató. Isa había elegido el asiento más alejado del suyo, y no lo había mirado ni una vez desde entonces.

–¿Qué diablos te pasa? –se desabrochó el cinturón y fue hacia ella en pleno despegue.

–¿Qué haces? ¡Tienes que sentarte!

–Y tú tienes que dejar de tratarme como si fuera una mezcla de Jack el Destripador y Atila –afirmó las piernas, cruzó los brazos sobre el pecho y se quedó allí de pie, taladrándola con la mirada.

–Lo digo en serio, Marc. Vas a caerte…

–Yo también lo digo en serio, Isa. Me hace mucha gracia que te preocupe que me caiga cuando llevas todo el día simulando que no existo.

–Eso no es verdad.

–Desde luego que sí, y quiero saber el por qué. Entiendo que estés enfadada conmigo, tienes derecho a estarlo. Grítame. Insúltame si es lo que quieres. Pero no me ignores.

–No estoy enfadada contigo.

–¿Ah, no? –enarcó la ceja–. Pues desde donde estoy sentado lo parece.

–No estás sentado. Ese es el problema.

El avión entró en una zona de turbulencias y dio unas sacudidas que casi desequilibraron a Marc. En ese momento, la voz del piloto les recordó por el interfono que debían permanecer sentados y con el cinturón abrochado hasta que alcanzaran la altitud de crucero.

–¿Has oído eso? –clamó Isa–. ¡Tienes que sentarte!

–Tú tienes que hablar conmigo –apoyó las manos en los reposabrazos de su asiento y se inclinó hasta que sus rostros estuvieron casi juntos.

–Maldita sea, Marc –estiró el brazo y apoyó la mano en su pecho, como si fuera a empujarlo para que se sentara de una vez.

En el momento en que lo tocó, Marc sintió una oleada de calor. Puso la mano sobre la de ella, intentando ignorar que ese mínimo contacto le había provocado una erección.

Isa dejó escapar un gemido entrecortado. Tenía las pupilas dilatadas y las mejillas teñidas de rubor. Marc notó el temblor de su mano bajo la suya. No hacía falta ser un genio para saber que ella también se había excitado.

–Isa –dijo con voz ronca–. Háblame.

Ella giró la cabeza y miró por la ventanilla. Eran casi las diez de la noche pero allí, tan cerca del Círculo Polar Ártico, parecía mediodía. Contempló el cielo unos segundos.

Marc quería insistir, pero decidió esperar un poco. Sus discusiones siempre habían sido así; él la presionaba y ella se quedaba callada hasta que su mente formulaba la respuesta perfecta. Esta vez no fue así.

–No quiero hacer esto –susurró.

–No hacer ¿qué? ¿Hablarme? –habría sido mejor darle algo de espacio, pero se acercó más aún–. Pensaba que ayer habíamos progresado algo, que podíamos ser…

–¿Qué? ¿Amigos? ¿Después de lo que ha ocurrido entre nosotros, pensaste que si me pedías disculpas íbamos a ser amigos?

La virulencia de su voz hizo que Marc se echara hacia atrás. Quizá lo que había interpretado como signos de excitación lo fueran de cólera.

–Puede que amigos sea mucho pedir –admitió él tras unos segundos de silencio–. Pero pensé que quizá...

Justo entonces, el piloto anunció que habían alcanzado la altura de crucero y podían trasladarse a los sofás que había en la cola del avión. Isa se levantó de un bote, como una caja de resorte.

–¿Adónde crees que vas? –Marc agarró su muñeca. No iba a dejar que escapara cuando estaba tan cerca de obtener respuestas. Dada su erección, perseguirla resultaría algo incómodo.

–Lejos de ti –mascullló ella.

–Es un poco tarde para eso, ¿no crees? –empezó a andar hacia ella. Por cada paso que daba, ella retrocedía uno. Por fin, su espalda chocó con la pared del avión y él la aprisionó con el cuerpo, metiendo una pierna entre sus muslos.

–¿Por qué estás haciendo esto? –preguntó ella con voz rota y temblorosa.

En otro momento tal vez Marc, sintiéndose culpable, habría dado un paso atrás. Pero estaba sintiendo cómo Isa movía las caderas y presionaba el sexo contra su muslo, así que se quedó parado.

–Porque nunca he dejado de desearte –le respondió–. Y no creo que vaya a dejar de hacerlo.

–Eso no es suficiente –protestó ella, pero arqueó la espalda para acercarse más a él.

Él sintió sus pezones, duros como diamantes, clavarse contra su pecho. Gruñendo, se restregó contra ella una y otra vez, hasta que la oyó jadear.

–Es más que suficiente –dijo, inclinando la cabeza hasta que sus bocas se juntaron–. Siempre lo fue y siempre lo será.

–Marc –sonó más a súplica que a protesta.

–Te tengo sujeta, Isa. Te tengo, nena –murmuró antes de capturar su boca como si llevara años esperando para besarla, en vez de solo unas horas.

Capítulo Doce

Isa sabía que tendría que impedir lo que estaba ocurriendo. Pero cuando sintió el contacto de sus labios y las lentas y suaves caricias de su lengua, a dejó de importarle. Lo único importante era sentir a Marc besándola y electrizando todo su cuerpo.

Sus brazos se movieron solos, rodeando su cuello y tirando de él para acercarlo más, hasta que estuvieron boca contra boca, pecho contra pecho, sexo contra sexo. Era una sensación maravillosa.

–Isa, nena –murmuró él –. Quiero…

–Sí –liberó su boca para besarle el cuello, la mandíbula, la oreja–. Quieras lo que quieras, sí.

Marc, si pensarlo más, colocó las manos en sus nalgas y la levantó hacia él.

Isa gimió con desesperación, pidiendo más, al tiempo que rodeaba su cintura con la piernas. Él volvió a capturar su boca con labios ardientes y firmes. Giró un poco el cuerpo y, sin soltarla, fue hasta la parte trasera del avión y cruzó una puerta. Tras ella había una cama doble, cubierta con una colcha negra y sabanas de seda gris.

A pesar de llevarla en brazos, no falló un paso ni dejó de besar cada centímetro de piel que había al alcance de sus labios hasta que, con una sonrisa traviesa, la dejó caer en el centro de la cama.

Isa alzó las manos hacia su pecho y tiró de él.

Cuando lo tuvo encima, rodó sobre la cama para cambiar de posición y sentarse sobre sus caderas.

–Es mi turno –le dijo, con voz anhelante.

–Lo dices como si fuera a quejarme –sonrió y enarcó la maldita ceja que había enamorado a Isa.

–¿No vas a hacerlo?

–Te tengo encima de mí, caliente, deseosa y… –metió la mano entre sus piernas y le acarició el sexo– húmeda. ¿De qué diablos iba a quejarme?

Ella se inclinó y le hizo callar con un beso apasionado. Después, empezó a tironear de su camisa, desesperada por sentir la calidez de su piel y las curvas de sus músculos. Marc, riéndose, se incorporó un poco para facilitarle la tarea.

Isa asaltó sus hombros, su musculoso pecho y su perfecto abdomen con manos y lengua. Cuando introdujo los dedos y la lengua bajo la cintura de sus vaqueros, Marc tragó aire y se arqueó hacia ella.

–Isa, cielo…

–Te tengo sujeto –dijo ella, burlona, mientras le desabrochaba el cinturón y los vaqueros.

Después, tiró de sus zapatos, pantalones y calzoncillos hasta que Marc estuvo gloriosamente desnudo.

Él farfulló una maldición e intentó agarrarla, pero ella, de rodillas ante él, apartó sus manos.

–Es mi turno –repitió, antes poner los labios en su erección.

Él emitió un gruñido ronco y profundo y enredó los dedos en su pelo mientras ella lo besaba de arriba abajo. Marc arqueó las caderas y se removió, desesperado. Isa sabía lo que estaba pidiendo, pero no estaba lista para dárselo aún. La última noche que habían pasado juntos, él la había atormentado durante horas.

Cuando Marc le agarró la barbilla y ladeó su cabeza para mirarla con ojos oscuros y nublados de deseo, capturó su miembro con la boca.

Él se estremeció y gritó su nombre. Isa no había olvidado lo que le gustaba a Marc. Recordaba su sabor cuando se dejaba ir sobre su lengua y quería paladearlo de nuevo.

Sabía que estaba muy cerca de conseguirlo. Pero Marc no se lo permitió. Agarró una de sus manos y con la otra la obligó a levantar la cabeza para besar su boca.

–Quiero saborearte –protestó ella.

Pero Marc empezó a pellizcar y frotar uno de sus pezones, provocándole un gemido de placer, que bastó para que se arrodillara junto a ella y la besara profunda y apasionadamente.

Isa no podía pensar, ni moverse, ni respirar. Quería que ese momento fuera eterno.

Poco después, Marc la levantó del suelo y la extendió en la cama, como un festín para sus ojos.

–Marc –suplicó ella, tirando de sus hombros para que se pusiera encima. Darle placer había alimentado su propio deseo y necesitaba sentirlo dentro. Pero Marc tenía otras intenciones. Cuando empezó a depositar besos ardientes y húmedos en su sexo, Isa perdió el control y se alzó contra su deliciosa boca. Él puso las manos bajo las nalgas y le alzó las caderas.

Una y otra vez, la llevó al borde del éxtasis, sin dejarla culminar, hasta convertirla en un ser balbuceante que suplicaba, prometía y se derretía bajo su boca.

Se apartó un instante para ponerse un preservativo y luego se deslizó en su interior, mientras besaba su boca y seguía acariciando su sexo. No hizo falta más.

Ella estalló como un cohete, entregándose a un clímax interminable, gimiendo su nombre y apretándolo contra sí. Marc siguió su ritmo mientras se perdía en una vorágine de placer. Tras una última embestida, lenta y profunda, besó su boca con pasión abrasadora, llevándola al orgasmo de nuevo. Esa vez la acompañó en el viaje, posiblemente el mejor de su vida.

Capítulo Trece

–Aterrizaremos dentro de media hora, Marc –la voz del piloto resonó en el altavoz de la alcoba.

Isa se removió, sin llegar a despertarse. Marc se apoyó en el codo y la contempló durante largos minutos, hechizado por su belleza.

El conjunto de piel clara, ojos oscuros, cabello vibrante y cuerpo voluptuoso siempre era una delicia para los ojos. Pero así, dormida, le parecía aún más bella. Quizá porque era la primera vez que la veía totalmente relajada desde que había entrado en su aula, hacía unos días. La única vez que veía a la Isa real que escondía Isabella, la mujer de trenza apretada, semblante serio y admirable historial académico.

Adoraba la vulnerabilidad de su boca, el rubor de sus mejillas, normalmente pálidas, y la forma en que curvaba la mano sobre su bíceps, incluso dormida, como si quisiera sujetarlo. Él apenas había dormido por la misma razón. Temía despertarse y descubrir que la pasión y ternura que habían compartido no fuera más que un sueño. O que, si la soltaba un segundo, se desgranaría entre sus dedos como arena.

Sabía que no quería volver a perderla. Pero no sabía qué quería de ella, ni qué sentía en realidad, aparte de un deseo insaciable que lo desgarraba por dentro. No estaba listo para dejarla marchar.

Teniendo en cuenta lo ocurrido entre ellos, eso

probablemente lo convertía en un estúpido. Pero allí tumbado, mirándola, el pasado no parecía importar tanto como antes. Nada importaba excepto Isa y cómo le hacía sentirse.

–Quince minutos para el aterrizaje, Marc. Tenéis que ir a sentaros, si no lo habéis hecho aún.

–Estaremos listos en cinco, Justin –contestó Marc, tras pulsar el botón del intercomunicador.

Sacudió a Isa con suavidad, hasta que los ojos marrón chocolate lo miraron, confusos.

–Lo siento, cielo, es hora de vestirnos. Vamos a aterrizar y tenemos que sentarnos.

Ella parpadeó y se frotó los ojos. Después, movió la cabeza para apartarse el pelo de la cara, al tiempo que se incorporaba lentamente. La sábana cayó hasta sus caderas y él se quedó paralizado.

Parecía una diosa. Una visión. El mejor sueño erótico del mundo.

Ojos adormilados, labios hinchados y mejillas arreboladas. Era la viva imagen de todas sus fantasías. El pelo alborotado le caía en cascada por los pechos, pero él recordaba bien la curva de sus pezones, rosados como fresas. Deseó volver a saborearlos y escuchar sus gemidos entrecortados.

–¿Cuánto falta para aterrizar? –preguntó ella.

El sonido de su voz, sedosa y ronca, le recordó cómo se había sentido dentro de su boca, rodeado por sus labios. Se inclinó hacia ella.

–Oh, no –Isa se bajó de la cama–. Por la hora que es, dudo que tengamos tiempo para otra ronda.

Tenía razón, no lo tenían. Pero a la erección de Marc eso parecía importarle muy poco. Tuvo que conformarse con verla vestirse.

Había algo increíblemente sexy en ver a una mujer satisfecha ponerse los vaqueros y meterse el suéter por la cabeza. Le encantó la palidez de su piel, que mostraba claramente las marcas que había dejado en sus pechos y muslos con sus besos y el roce de su mentón. Le encantó que se notara que llevaba horas haciéndola suya.

Esa idea lo sobresaltó y empezó a vestirse rápidamente, con brusquedad. Una cosa era desear a Isa y disfrutar haciéndole el amor, pero pensar que le pertenecía era peligroso. Muy peligroso, considerando cuánto le gustaba la idea.

Terminaron de vestirse en silencio. Marc no sabía qué decir. No podía decirle que la amaba, pero tampoco quería limitarse a agradecerle el buen rato que habían pasado. Así que dejó que sus acciones hablaran por él; puso las manos en su cintura, la atrajo y besó su cuello.

Justo entonces, la voz de Justin les recordó que tenían que volver a sus asientos.

Cuando, ya sentados, Isa agarró su mano, no fue debido a las turbulencias. Marc pensó que, por el momento, podía conformarse con eso.

Una hora después, Marc dejó a Isa en su casa. Ella lo despidió con la mano desde el porche, con un nudo en la garganta.

Isa, mientras cerraba la puerta se preguntó qué había hecho y en qué había estado pensando. En esas últimas horas había cometido un posible suicido emocional y una estupidez, pero tenía que reconocer que no había pensado en absoluto. De hecho, temía haber olvidado su cerebro en algún lugar remoto, en el norte de Canadá.

No había otra excusa. Había salido de su casa hacía poco más de veinticuatro horas, convencida de que no permitiría que Marc volviera a tocarla. Y allí estaba, recién llegada, con la poca mente que le quedaba centrada en Marc y el cuerpo agradablemente dolorido y saciado.

Cerró los ojos ante un bombardeo de imágenes de Marc: encima y debajo de ella, de rodillas a sus pies, con las manos en sus caderas y en sus pechos. Paseando la boca por su vientre y por su sexo. Besándola, penetrándola, amándola…

«¡No!», clamó para sí. Por mucha química que existiera entre ellos, por mucho que cortejara el desastre entregándose a él, no podía llamar amor a lo que compartían, ni por parte de él ni por la suya. Aún no sabía qué llamarlo, pero no era amor.

El amor era demasiado doloroso. Lo había amado seis años antes y había acabado rota en mil pedazos. Esta vez sería más inteligente, no permitiría que la afectara tanto. No pondría el corazón y el alma en sus manos.

Una vocecita interior le susurró que ya era demasiado tarde para evitarlo, pero se negó a escucharla. Seguía sintiendo a Marc en su interior y estaba demasiado agotada y vulnerable para saber qué era verdad y qué mentira.

Isa llevó la bolsa de viaje al dormitorio, la dejó en el suelo y se lanzó de bruces sobre la cama.

Le costaba respirar con el rostro hundido en las almohadas, pero no tenía fuerzas para girar la cabeza. Eran las cinco y media de la mañana y tenía que dar una clase a las ocho, la primera de dos que le encantaban, pero que ese día iban a ser una tortura. Tenía que estar vestida y duchada a las siete y apenas había dormido en tres días.

Eso también podía achacárselo a Marc. No solo era responsable de las agujetas en músculos que llevaba tiempo sin utilizar y de los moretones que tenía por todas partes, también lo era de que hubiera pasado casi toda la noche del sábado en vela, mirando al techo. Y el viernes y el domingo había tenido que conformarse con una siesta de cuarenta y cinco minutos, después de que él le hiciera el amor durante horas.

Oyó el zumbido del móvil, que tenía en el bolsillo y, en contra de su buen juicio, lo sacó y leyó el mensaje que acababa de entrar. Era de él, claro, ¿quién si no iba a enviarle un mensaje a las cinco y media de la mañana de un lunes?

«Gracias otra vez por hacer el viaje a Canadá».

Eso era todo. Le daba las gracias y nada más. Miró la pantalla, esperando otro mensaje. Marc no podía haber pasado gran parte de un viaje de seis horas haciéndole el amor y enviarle un mensaje tan ridículo. No tenía sentido.

Esperó un minuto con el estómago encogido, repitiéndose una y otra vez que le daba igual.

Al fin y al cabo, ella no habría sabido qué escribir, ni cómo referirse a lo sucedido entre ellos. No habían establecido ningún parámetro y llevaban seis años sin verse.

Acababa de dejar el móvil a un lado, sobre la cama, cuando zumbó tres veces seguidas.

Te veré a mediodía en Bijoux. Porque ¿vas a seguir ayudándome, no?

Lo he pasado muy bien. Espero que tú también.

«¿Lo he pasado muy bien?». Isa se preguntó qué diablos significaba eso. La gente lo pasaba bien en el parque o yendo al cine con un amigo, no entregándose a horas de sexo fabuloso y demoledor. No sabía cómo lo habría definido ella, pero desde luego no como pasarlo bien.

Si Marc quería más de ese sexo fabuloso y demoledor en un futuro cercano –y eso parecía a juzgar por su beso de despedida–, más le valía definirlo de otra manera.

Se planteó enviarle un mensaje inocuo, insípido e hiriente como los que acaba de recibir. Escribirle que ella también se lo había pasado bastante bien. O que había disfrutado los siete orgasmos que había tenido. O que le gustaría encontrárselo algún día en el GIA. Eso dejaría muy clara su opinión.

No hizo nada de eso porque, en realidad, no le gustaban ese tipo de juegos. Por eso Marc y ella se habían llevado tan bien como pareja. A él tampoco le gustaba el artificio y siempre era claro y directo. O lo había sido hasta enviarle ese mensaje de texto en el que deseaba que lo hubiera pasado bien.

Isa comprendió que ya no iba a poder dormir, su cerebro iba a mil revoluciones por minuto, intentando calibrar la enormidad del error de acostarse con Marc, no ya una, sino dos noches.

Así que, en vez de contestar a sus mensajes, dormir o relajarse un poco se obligó a ponerse en pie y fue a darse una ducha.

Después de secarse el pelo y maquillarse levemente, se acomodó en la cocina con una taza de café y el ordenador portátil. Buscó toda la información que tenía sobre diamantes originarios de Canadá, incluyendo la composición de las impurezas de cada mina, y se puso a trabajar.

Aparte del número de serie y el símbolo de la mina, las impurezas o inclusiones eran la mejor manera de determinar la procedencia de un diamante. Las impurezas de los diamantes africanos, por ejemplo, se componían de sulfuros, mientras que las de los diamantes rusos tenían un alto grado de nitrógeno. Por desgracia o por fortuna, según para quién, los diamantes canadienses tenían pocas inclusiones y eran de una calidad excepcional. Con solo un tres por ciento de la producción diamantífera mundial, Canadá obtenía el once por ciento de los ingresos por ventas.

Eso beneficiaba a Bijoux y a todas las empresas propietarias de minas, pero suponía un engorro para los gemólogos que tenían que certificar que un diamante procedía de ellas. Podía hacerse, sí, pero no bastaba con el proceso de identificación habitual.

Isa tenía que empezar comprobando que los números de serie de los diamantes de la cámara acorazada de Bijoux se correspondían exactamente con los de las minas canadienses, que tenía impresos y también grabados en una memoria USB. Insertó el dispositivo en el ordenador y descargó la información a un programa de su disco duro, que le permitiría emparejarlos con los números de los diamantes de Bijoux.

Después, reunió los datos de las extracciones, en qué nivel se habían realizado y cuándo, así como la fecha en que cada nivel se había declarado extinto. Mientras hacía eso, comprobó que tenía la composición mineral exacta del sedimento de cada uno de los niveles. En la mayoría de los casos, la composición era idéntica o muy similar, pero de vez en cuando uno de los niveles inferiores presentaba diferencias importantes. Al día siguiente, en el laboratorio, compararía las muestras de sedimento que había recogido con la documentación previa, y después con la composición de los diamantes de Bijoux, para garantizar que provenían de esas minas.

Eran dos pasos importantes del proceso, pero ninguno de ellos le daría la respuesta definitiva que Marc y ella buscaban. La certificación de procedencia de un diamante era trabajosa, debido a la gran similitud de su composición mineral en todas las zonas de extracción, y a las transacciones ilegales en las que incurrían muchos vendedores.

Así que tendría que recurrir a un último dato. Uno que no se podía falsificar ni borrar, y que los traficantes de diamantes de conflicto no solían tener en cuenta: los átomos de hidrógeno, isótopos, de la superficie del diamante. Eran átomos que el agua de lluvia había depositado sobre el sedimento y las rocas antes de su extracción. Esos átomos se adherían a la superficie de los diamantes y era casi imposible eliminarlos.

La estructura química de los isótopos era una prueba irrefutable de la procedencia de las piedras. El agua de lluvia tenía una composición distinta en cada zona del planeta y, por tanto, los isótopos que se depositaban en las piedras eran distintos.

Años de investigación de gemólogos expertos en diamantes habían permitido conformar un mapa bastante preciso de esos isótopos. Tenía archivada la composición exacta del agua de lluvia de las principales zonas de extracción de diamantes, incluidas las de los territorios del noroeste de Canadá que acababa de visitar. Así que, aunque iba a examinar la documentación, los números de serie y las impurezas de los diamantes, serían los isótopos los que exonerarían o condenarían a Marc.

Tenía la esperanza de que no fuera lo último.

No porque estuviera acostándose con él o por su pasado en común, sino por Bijoux. La industria del diamante estaba monopolizada por empresas que no tenían problema en comerciar con sangre, terrorismo y explotación infantil, pero Bijoux siempre había tenido las manos limpias, al menos desde que la dirigían Marc y Nic. Desde el principio, se habían diferenciado de otros comerciantes de gemas por que procuraban hacer el menor mal, y el mayor bien, posible.

Gracias a su fuerte conciencia medioambiental y social habían conseguido que las minas de Bijoux fueran las más seguras del mundo, tanto ecológicamente como para sus trabajadores. Isa llevaba años poniendo a Bijoux como ejemplo de integridad en sus clases y seminarios.

Descubrir que los hermanos Durand habían renunciado a los principios de los que hacían gala, solo para llenarse aún más los bolsillos, supondría un gran revés para su ya menguada fe en el idealismo.

Con eso en mente, Isa dedicó la siguiente hora y media a examinar los datos relativos a las minas de diamantes con las que Bijoux hacía negocios.

Estudió isótopos de hidrógeno hasta ponerse bizca. Memorizó la composición mineral del sedimento de los distintos niveles de las minas a las que Bijoux había comprado diamantes en bruto en los últimos dieciocho meses.

Mientras lo hacía, rezó para que todo cuadrara perfectamente con lo que encontrase en la cámara acorazada de Bijoux.

Porque si no era así… No solo supondría la ruina de Bijoux, también le rompería el corazón a Marc. Y si sucedía eso, se temía muy mucho que el de ella también se rompería.

Capítulo Catorce

¿Ha encontrado algo Isa? –preguntó Nic cuando entró al despacho, el lunes por la tarde.

–Solo lleva allí tres horas –contestó Marc, sin levantar la cabeza de la pantalla–. Dale una oportunidad de hacer su trabajo.

–Se la estoy dando. Pero solo faltan unos días para que el *LA Times* publique el artículo. Quiero desacreditarlo antes del cierre de la edición, el jueves por la noche.

–Créeme, no puedes desearlo más que yo. Pero no por eso vamos a ir a la cámara cada cinco minutos a presionar a Isa. Hemos regresado de madrugada y tiene que estar agotada –Dios sabía que él lo estaba–. Pero está aquí, haciendo lo posible por descubrir la verdad.

–Caramba –Nic lo miró con sorpresa–. ¿Desde cuándo te dedicas a defender a Isa?

–¿Qué importa eso? Tendríamos que estar ocupándonos de encontrar al traidor que ha vendido una historia falsa al *LA Times*.

–Ya lo hago, créeme. Pero, pese a mi talante aparentemente despreocupado, soy capaz de ocuparme de más de una cosa a la vez –Nic sonrió–. Así que dime, hermano mayor. ¿Qué ocurre entre Isa y tú?

–¡No ocurre nada! –bufó Marc, incómodo con el giro que había tomado la conversación. Aún no había procesado que estaba acostándose con Isa; lo último que necesitaba era que el sabelotodo de su hermano metiera las narices en su relación.

–¿Estás seguro de eso? Estás muy susceptible para ser un hombre al que no le ocurre nada. O tal vez estés susceptible precisamente por eso…

–¡No estoy susceptible! Si lo estuviera, sería porque, igual que tú, espero noticias de la cámara. Sé que tres horas no son nada para el trabajo que tiene que hacer Isa, pero no me gusta la espera. Ni el silencio.

–Amén a eso, hermano –Nic se sentó frente a Marc, puso los pies sobre el escritorio de madera pulida, y se recostó hasta apoyar la carísima silla antigua en las patas traseras.

–¿Podríamos decir amén a que no te descalabres mientras destrozas mi silla?

–Te preocupas demasiado –farfulló Nic.

–Soy director ejecutivo. Mi trabajo es preocuparme demasiado –Marc miró el reloj por enésima vez en la última hora. Aunque quería aparentar calma ante su hermano, estaba muy nervioso. Sabía que todos sus diamantes eran sin conflicto y que todos provenían de minas canadienses ecológicamente responsables, que pagaban bien a sus trabajadores. Pero no podía evitar preocuparse sabiendo que en Bijoux había un traidor que contaba mentiras a la prensa. Quienquiera que se hubiese inventado que Bijoux comerciaba con diamantes de conflicto, podía añadir diamantes de sangre al bulo, para acabar de arruinarles. La mera idea lo ponía enfermo.

Se levantó y empezó a andar de un lado a otro.

–Todo irá bien –dijo Nic, dubitativo–. Además, que no haya noticias es buena señal, ¿verdad?

–Verdad –aceptó Marc–. Lisa está en la cámara con Isa, y estoy seguro de que nos avisará si encuentra algo que confirme o desmienta el artículo.

–No va a encontrar nada que lo confirme –afirmó Nic–. Porque no hay nada. Así que, ¿qué es lo que nos preocupa?

–Absolutamente nada –dijo Marc. En ese momento, Lisa se asomó a la puerta del despacho.

–¿Alguna noticia? –les preguntó.

–¿Por qué nos preguntas a nosotros? –Marc la miró con incredulidad–. Eres tú quien lleva tres horas en la cámara de seguridad con la experta.

–La dejé allí hace un par de horas. Tenía una reunión y ella estaba concentrada en su trabajo.

–¿Una reunión? ¿Dejaste a Isa sola en la cámara de diamantes para ir a una reunión?

–Sí, dejé a la doctora Moreno sola –parecía confusa–. Es el protocolo estándar con expertos del GIA, que son de toda confianza. Además, allí hay cincuenta videocámaras, y las máquinas de representación óptica de alta resolución registran de arriba abajo a todo el que entra o sale. Si quisiera robar algo, que no es el caso, no podría.

Marc sabía que Lisa tenía razón. Había instalado el mejor sistema de seguridad. Además, Isa nunca le había robado nada. Su padre sí, pero ella no.

Aun así, intercambió una mirada con su hermano. A Nic, que siempre la había defendido, tampoco parecía gustarle que estuviera sola en la cámara. Marc fue hacia la puerta con premura.

–¿Qué ocurre? –preguntó Lisa–. ¿Adónde vas?

–No te preocupes –le dijo Nic, mientras Marc salía–. Es solo que está muy tenso por este asunto.

–Todos lo estamos. Sé que pensáis que solo es vuestra reputación la que está en juego, pero también lo está la nuestra. He certificado cada uno de los diamantes que hay en esa cámara, y la idea de que algún desalmado se atreva a mentir sobre ellos, sobre nosotros, me enfurece. Me repugna que sea demasiado cobarde para acusarnos en persona e intente desacreditarnos con la ayuda de una reportera advenediza.

Mientras esperaba al ascensor, Marc se dijo que no tenía motivos para preocuparse. Iba a pagarle a Isa una cantidad exorbitante de dinero para que certificara sus diamantes, y sería idiota si se arriesgaba a perderla por intentar sacar uno o dos diamantes de la cámara.

Confiaba en la integridad de Isa. Tenía acceso libre a las gemas del GIA y allí no se había producido ningún robo. Sin embargo, una vocecita interna lo apremiaba para que se reuniera con ella. No porque creyese que fuera a robarle, sino para evitar que tuviera que resistirse a la tentación.

La mayoría de los ladrones de joyas eran adictos; no podían parar aunque hubieran amasado una fortuna. El padre de Isa había sido así. Era multimillonario y se estaba muriendo de cáncer, pero no había podido resistirse a un gran golpe. Había robado al prometido de su hija sin el menor remordimiento. Marc sabía que, durante años, Isa había sido igual. Cuando le suplicó que librara a su padre de la cárcel, le había confesado cuánto disfrutaba con la descarga de adrenalina que sentía al robar una joya. También le había dicho que había renunciado a esa vida porque el placer de estar con él era muy superior al que sentía robando.

Sabía que había sido sincera con él. Pero no por eso había que tentar al diablo. Podía ocurrírsele sacar una piedra pequeña, solo por comprobar que podía hacerlo, por diversión.

En algún momento de esos últimos días, probablemente cuando accedió a ayudarlo a pesar de su arrogancia, la había perdonado por haber elegido a su padre y dejar que Marc, y Bijoux, pagaran las consecuencias. Había entendido la fuerza del vínculo de sangre y que su padre la necesitaba más que él. La había perdonado, sí, pero de eso a confiar ciegamente en ella había un largo trecho aún por recorrer.

Lo que sabía a ciencia cierta era que si Isa le robaba, no podría perdonarla jamás. Ni siquiera sabía si sería capaz de mirarla a la cara.

Marc entró en el ascensor pensando que debería dar gracias por esa oportunidad de descubrir de qué pasta estaba hecha Isa antes de comprometerse más con ella. Pero lo cierto era que tenía miedo. No le asustaba perder algún diamante, sino perder a Isa. Ya la había perdido una vez, y por mucho que intentara convencerse de lo contrario, no quería volver a pasar por eso.

El ascensor anunció la llegada a la última planta, donde estaba la cámara acorazada. Marc esperó con impaciencia a que se abrieran la puertas, que parecían estar tardando tres veces más de lo habitual, y salió casi corriendo.

Estuvo a punto de chocar con Victor, uno de sus mejores técnicos, que se había incorporado a la empresa como pulidor de diamantes y ya había ascendido a un cargo directivo.

Victor lo saludó, sonriente, pero Marc tenía demasiada prisa para detenerse. Segundos después estaba mirando las luces parpadeantes que indicaban que había alguien en la cámara acorazada y que, exceptuando los detectores de movimiento, el sistema de seguridad funcionaba con normalidad.

Pasó su tarjeta por la ranura y tocó el sensor para que comprobara sus huellas digitales. Después, tecleó su código personal y esperó a que la gruesa puerta de acero se desbloqueara. Solo tardó unos segundos, pero se le hicieron eternos.

Entró cómo un torbellino y estuvo a punto de chocar con el escritorio improvisado que Isa había montado cerca de la puerta. Sobre su superficie había un ordenador portátil, un microscopio y un cajón con diamantes. Isa sujetaba un diamante bajo el microscopio. Supuso que lo había estado escrutando, pero en ese momento lo escrutaba a él.

–¿Estás bien? –preguntó ella. Soltó el diamante y se apartó de la mesa.

–Sí, claro. Estoy muy bien –obviamente, no podía decir «he tenido un ataque de pánico porque creí que ibas a robarme» ni «estoy de los nervios porque llevas dos horas aquí sola y no sé si has robado algo»–. Solo quería ver cómo ibas, y saber si has encontrado algo.

Ella se rio y, con toda naturalidad, extendió el brazo para frotarle el hombro.

–Sé que la incertidumbre es desesperante, pero es imposible encontrar algo de valor en unas horas, sobre todo en una cámara acorazada de este tamaño, con tantos diamantes. Si tienes suerte, podré comentarte algo el miércoles, pero es más probable que sea el jueves. Y eso solo si paso aquí todo el día y alguien me sustituye en el GIA.

No parecía molesta por ello, y Marc se sintió intensamente culpable por haber pensado, siquiera un segundo, que era una ladrona y sospechar cosas horribles de ella, que se estaba matando a trabajar para sacarle las castañas del fuego. No era justo, teniendo en cuenta que había sido él quien le había suplicado que aceptara el trabajo.

Mientras buscaba algo que decir para aligerar el ambiente, miró los diamantes que había sobre la mesa. Se tensó al ver que eran bastante pequeños, y, por tanto, podían «perderse» con facilidad. Sería muy fácil venderlos.

–¿Necesitas algo? –le preguntó Isa, simulando una calma que no sentía.

–Mañana necesitaré acceso a los laboratorios, pero de momento estoy bien aquí. Puedes irte si tienes otras cosas que hacer, como dirigir Bijoux, por ejemplo –bromeó ella, sonriente.

–Pensaba pasar un rato aquí, si te parece bien. Estás haciéndonos un favor enorme y odiaría que tuvieras que esperar si necesitas alguna cosa.

–Estoy comprobando los números de serie y seguramente me llevará todo el día. A no ser que encuentre una piedra con el número erróneo, no necesitaré consultarte –puso una mano en su hombro y apretó con suavidad, como si quisiera tranquilizarlo–. Aunque me parece bien que te ofrezcas, aquí no puedes ayudarme.

A Marc no le gustó el retintín de ese «bien», y pensó que se había perdido algo. Como eso era justamente lo que temía, sus sospechas se acrecentaron y fue a al otro lado de la cámara a por una silla. La llevó hasta la mesa y se sentó.

–Da igual –sacó su móvil y simuló que leía un mensaje–. He liberado mi agenda para el resto de la tarde, así que estoy a tu servicio.

–¿En serio vas a quedarte aquí toda la tarde? –ella lo miró con extrañeza.

–Toda la tarde –corroboró él. Aunque se sentía culpable por sus sospechas, no iba irse. Sobre todo tras ver su afán por librarse de él que estaba estudiando los diamantes más pequeños de la cámara. No le daba buena espina, y aunque no era tan idiota como para decírselo, tampoco lo era tanto como para dejarla sola allí: sería como dejar a una niña sola en una tienda de caramelos.

Isa se encogió de hombros y volvió al trabajo.

Capítulo Quince

Marc se estaba portando de forma muy extraña. Sin llegar a parecer loco de atar, estaba rarísimo. Isa lo miró por el rabillo del ojo mientras devolvía el último diamante de ese lote al cajón forrado con terciopelo azul.

No la miraba ni le prestaba la más mínima atención. Entendía que, siendo el director ejecutivo de Bijoux, tuviera mucho trabajo que hacer, pero la irritaba que actuara como si ella no fuera lo bastante importante para dedicarle un segundo. Como si no hubiera ocurrido nada entre ellos ese fin de semana.

Dada su falta de reacción cuando había recalcado la palabra «bien», suponía que Marc prefería olvidar que habían hecho el amor, o mejor dicho, que habían tenido relaciones sexuales.

Tragándose un suspiro, agarró el cajón y fue a introducirlo en el hueco que había ocupado en una pared compuesta de hileras y columnas de cajones similares.

La cámara de Bijoux, como la mayoría, organizaba los diamantes por peso, color y pureza. Isa sacó el segundo cajón de la columna que tenía a la derecha, que contenía piedras de poco peso y calidad inferior, y lo llevó a la mesa donde estaba trabajando.

Marc seguía concentrado en su teléfono, deslizando el dedo por la pantalla como si le fuera la vida en ello. Isa volvió a sentirse molesta. Aunque no necesitaba mucha atención, una sonrisa o alguna frase suelta no habría estado de más. Al fin y al cabo, habían pasado juntos todo el fin de semana, trabajando y en la cama.

Dejó el cajón en la mesa con brusquedad, y el ruido del golpe resonó por la sala. Por primera vez desde que se había sentado, Marc alzó la vista.

–¿Va todo bien? –preguntó, con el ceño fruncido.

–Sí. Bastante bien –volvió a recalcar la palabra, aun sabiendo que era una chiquillada. Su irritación iba en aumento. Si Marc solo había querido dos noches de sexo, podría haberlo dicho. Si no había tenido problema en hacerlo el sábado, en cuanto se levantó, también podía haber dicho algo esa mañana cuando la llevó a casa. Por ejemplo: «Lo he pasado bien, pero como estás trabajando para Bijoux, creo que nuestra relación debería ser estrictamente profesional».

Seguramente se habría enfadado y pensado que era un imbécil. Como llevaba casi una hora pensando que lo era, Marc no había ganado nada con sus juegos, fueran los que fueran.

Sin decir más, abrió el cajón y sacó una selección de diamantes de cuarto de quilate con inclusiones leves. Igual que los del cajón que acababa de examinar, eran de los más baratos de la cámara. El valor del cajón entero era de cientos de miles de dólares pero, individualmente, las piedras valían alrededor cien.

–¿Puedo hacerte una pregunta? –Marc la estaba mirando atentamente.

–Claro. Eso estaría bien –contestó ella. Al ver que él estrechaba los ojos, supo que había llevado el juego del «bien» al límite. Bastaría una vez más para hacerlo explotar; así podría dejar de pincharlo como si fuera una niña enrabietada.

–¿Por qué compruebas los diamantes más pequeños? ¿No tendrías que centrarte en los de mayor peso? Si alguien de Bijoux está manipulando números de serie y países de origen, ganará más dinero haciendo pasar por libre de conflicto un diamante grande que uno pequeño.

–La experiencia demuestra que es justo al contrario. Los diamantes grandes llaman más la atención y es difícil mantener la estafa mucho tiempo. Es más habitual comprobar las piedras de más de un quilate, sobre todo si su grado de pureza es VVS1 o VVS2, con inclusiones no apreciables a simple vista. A todo el mundo le gusta examinar esos diamantes.

»En cambio, ni joyeros, ni expertos, ni compradores se fijan mucho en estos, que son menos glamurosos y relativamente baratos. Al fin y al cabo, ¿quién iba a molestarse en falsificar la documentación de una gema de cien dólares que para conseguir un par de dólares de beneficio?

–Alguien que comercie con miles de ellas –sugirió él.

–Exacto. Probablemente, con cientos de miles. Entonces el beneficio sí que merece la pena.

–Sí, supongo. Si a uno no le importa vender su alma por dinero –parecía tan asqueado que ella no pudo evitar echarse a reír.

–Creo que has olvidado los puntos básicos de Codicia Humana 101. Que, por cierto, son el fundamento del mercado de diamantes.

–Más quisiera –esbozó la primera sonrisa auténtica de la tarde–. Entonces, por eso te estás centrando en los diamantes de menor peso. Porque es más fácil incluir los falsos entre ellos.

–Claro –lo miró con curiosidad–. ¿Por qué si no iba a dedicarles mi tiempo cuando en el lado derecho de la cámara hay diamantes mucho más bellos e interesantes? Esos también los miraré, claro. Pero no será hasta que acabe con estos.

–No hay prisa –encogió los hombros y sonrió–. Quiero que los dos quedemos completamente satisfechos respecto al origen de mis diamantes.

Ella asintió, titubeante, y él le ofreció otra sonrisa esplendorosa. Isa se sentía como Alicia mientras caía por la madriguera del conejo blanco: no entendía nada. De repente, Marc hacía de todo menos ignorarla. Alzaba la cabeza con frecuencia y le sonreía. Incluso se había ofrecido a ir a rellenar la botella de agua que había en una esquina de la mesa. Parecía un hombre distinto al que había estado allí la hora anterior. La intrigaba la esquizofrenia de su comportamiento, sobre todo porque se había hecho a la idea de que antes había estado intentando dejar claro que no quería ninguna relación con ella.

Seguía sin entender qué estaba ocurriendo, pero no dijo nada al respecto. Él tampoco volvió a hablar hasta largo rato después.

Isa estaba a punto de terminar con un cajón de diamantes de medio quilate. Su intención era revisar un cajón más antes de dejarlo por ese día. Estaba devolviendo la última piedra de pureza VVS1 al cajón, cuando sintió la mano de Marc sobre la suya. Ni siquiera se había dado cuenta de que él había guardado el teléfono y estaba de pie a su lado.

–Llevaré el cajón a su sitio mientras recoges tus

cosas –dijo él. Isa miró su reloj y le sorprendió comprobar que eran más de las nueve de la noche.

–Pensaba revisar un cajón más antes de irme. No me llevará mucho tiempo.

–Puede que no, pero pareces agotada –dijo él–. Ya seguirás mañana.

Ella iba a protestar, pero se dio cuenta de que no era la única que parecía agotada. Marc también tenía aspecto de estar sufriendo los efectos de casi tres noches sin dormir.

–De acuerdo –accedió.

Cerró el portátil y recogió sus cosas, y un par de minutos después, salieron juntos. Marc selló la cámara y activó los sensores de movimiento.

–¿Qué comida para llevar prefieres? –preguntó Marc cuando salieron al aparcamiento.

–¿Para llevar? –repitió ella. Su cerebro tardó un minuto en procesar a qué se refería.

–¿Comida? –dijo él, divertido–. Había pensado comprar algo para cenar de camino a tu casa.

–¿Mi casa?

–A no ser que prefieras que no cenemos juntos –dijo Marc. Su sonrisa se apagó al ver cuánto la sorprendía su sugerencia.

–No, no. Me parece bien –lo dijo sin pensar y sin mala intención. Pero esa vez, maldito fuera, él sí se dio por aludido.

–¿Se puede saber a qué viene lo de decir «bien» cada dos por tres? –preguntó, irritado.

Ella, roja como la grana, agachó la cabeza mientras buscaba la manera de ignorar la pregunta o de contestarla sin quedar como una idiota.

Marc puso los dedos bajo su barbilla y alzó su rostro. La miró fijamente, en silencio. Era un truco que siempre le había hecho ganar la partida. Cuando le hacía una pregunta incómoda, esperaba su respuesta con paciencia, sin presionarla.

–Es solo que… –sacudió la cabeza–. ¿Hay alguna posibilidad de no hablar de eso ahora?

–Ni la más mínima –dijo él.

–Ya, eso me temía –suspiró, cambió el peso de una pierna a la otra y metió la mano en el bolsillo. Como no se le ocurría nada, optó por la verdad–. Es por decir que anoche te lo pasaste bien.

–¿Cuándo lo dije? –la miró atónito.

–En el mensaje de texto de esta mañana. Escribiste «lo he pasado muy bien».

–¿Y qué tiene eso de malo?

–Pues no sé, Marc –pasó de sentirse avergonzada a enfadarse–. ¿Por qué no hacemos una prueba? Llévame a casa, hazme el amor y luego, cuando salgas por la puerta, te diré que lo he pasado muy bien.

Él se quedó callado, mirándola como si estuviera loca. Isa pensó que tal vez lo estaba, no lo sabía. Solo sabía que no quería que apartara la mano de su cara y dejara de tocarla. Nunca. Lo que suponía un problema enorme, dado que se había prometido no enamorarse de él otra vez.

–¿Lo dices en serio, cariño? –dejó caer la mano y ella emitió un ruidito de protesta. Él la rodeó con los brazos y la apretó contra sí–. ¿Eso es lo que llevas queriendo reprocharme todo el día? Estaba agotado y medio dormido, ¿no crees que podrías darme un respiro?

Isa pensó que igual había hecho una montaña de un grano de arena, pero necesitaba asegurarse.

–¿No era tu manera de darme largas? ¿De distanciarte de mí?

–¿Qué? –bajó la cabeza y besó su frente, sus mejillas y su boca–. ¿Sigues sintiendo que quiero distanciarme?

–No –negó con la cabeza. Se sentía muy bien.

–Bueno, ahora que eso está aclarado, dime qué te apetece para cenar, y pararé a comprarlo de camino a tu casa. Si soy bienvenido, claro –lo dijo sonriente y con mirada traviesa, pero Isa captó un atisbo de inseguridad en sus ojos. Como si a él también lo asustara el curso de la relación y tuviera tanto que perder como ella.

Esa posibilidad la impactó tanto que escrutó su rostro en busca de pistas que reflejaran lo que estaba sintiendo ella. Las encontró en las arrugas de sus ojos, en la suavidad de su sonrisa, en la mano que temblaba sobre su brazo.

Saber que no estaba sola hizo que se sintiera mejor. Había amado a Marc Durand con todo su corazón. Le había dolido tanto perderlo que se había jurado no repetir ese error, pero allí estaba, enamorándose otra vez. No era ideal, pero cuando la miraba así, con dulzura e interés, tampoco era tan terrible. De hecho, era muy agradable.

–Me apetece la comida griega que venden a dos manzanas de mi casa. Es poco más que un agujero en la pared, pero la comida es excelente.

–Envíame la dirección en un mensaje de texto y lo encontraré –besó sus labios una vez más y le abrió la puerta del coche–. Conduce con cuidado.

–El mismo viejo Marc de siempre –rio ella.

–Eh, el viejo Marc te gustaba bastante.

Isa no podía negarlo. Así había sido, hasta que la puso de patitas en la calle. El recuerdo de aquella noche asaltó su mente, pero lo rechazó.

No iba a pensar en eso cuando Marc la estaba mirando con tanto cariño que temía derretirse a sus pies. Así que rodeó su cuello con los brazos y le besó el mentón.

–Aún me gusta –dijo. Rodeó su cuello con los brazos y besó su rasposo mentón. Esa vez, habría jurado que lo oyó tragar aire.

–Vete –ordenó él–. Antes de que decida aprovecharme de ti aquí mismo, a la vista de los guardas de seguridad.

A ella no le pareció mala idea, pero subió al coche. Mientras conducía a casa se negó a pensar en el futuro. Por primera vez en su vida como adulta, no pensaría en las consecuencias de sus actos. Se limitaría a mirar antes dar el salto.

Y rezaría para caer de pie.

Capítulo Dieciséis

Dos días después seguía saltando y cayendo sin avistar tierra firme.

Era fantástico y horrible, excitante y aterrador, todo al mismo tiempo; más aún porque Marc daba la impresión de sentir lo mismo que ella.

La noche interior Marc había invitado a Nic a cenar con ellos. Incluso con la amenaza del artículo flotando en el ambiente, Isa se había reído hasta que le dolieron los costados. Había olvidado lo divertido que era Nic. Era uno de los muchos recuerdos de su tiempo con Marc, que había bloqueado para evitarse sufrimiento. Empezaba a permitirse recordar lo bien que lo habían pasado juntos.

En ese momento, mientras subía a su despacho, no pudo contener una sonrisa triunfal. Había mirado isótopos de hidrógeno hasta que empezó a ver doble y a temer que se le derritiera el cerebro pero, tras un largo día de trabajo, había completado la última prueba.

Había concentrado un proceso de certificación de diez días en cinco y estaba totalmente agotada. Pero tenía buenas noticias para Marc. Nic y él se sentirían muy aliviados cuando confirmara que todo estaba en orden y que ninguno de sus empleados había colado diamantes sin certificar en la cámara acorazada.

–Entra –le dijo Thomas, el ayudante de Marc, en cuanto la vio–. Lleva dos horas esperándote.

Isa no lo dudaba. Era esa clase de hombre. Le había dicho que terminaría alrededor de las cuatro y él le había enviado un mensaje de texto a las cuatro y un minuto, exactamente.

Le había pedido dos horas para realizar algunos test de isótopos adicionales. Quería que la certificación fuera incuestionable, y que Marc se quedara convencido de que no había un ápice de verdad en el artículo del *LA Times*.

Tras la debacle del pasado, se lo debía y quería ayudarlo cuanto pudiera. Marc se lo merecía.

Cuando entró, Marc, Nic y Harrison, uno de los abogados que trabajaba en el caso, estaban sentados alrededor del escritorio. Charlaban, pero la tensión se palpaba en el ambiente.

Todos los ojos se volvieron hacia ella que, sonriente, entregó a Marc la carpeta con los documentos, ya firmados, que certificaban que en Bijoux solo había diamantes sin conflicto.

–¿Lo tenemos? –Marc abrió la carpeta y, al ver la primera página, sonrió de oreja a oreja

–Desde luego que sí –dijo ella.

–¡Lo sabía! Sabía que la información era falsa –Nic se levantó de un salto y levantó el puño. Dejó que Marc hojeara la documentación y luego le quitó la carpeta y fue hacia la puerta.

–¿Adónde vas? –inquirió Marc.

–A fotocopiar esto. Luego voy a ir al *LA Times* a hacer que esa reportera se trague cada una de las páginas. Espero que se ahogue con ellas.

–Me siento obligado a recordarte que eso sería ilegal –dijo Hollister sonriente. Nic se limitó a poner los ojos en blanco y hacerle una pedorreta.

Isa iba a sentarse en la silla que había dejado libre Nic cuando Marc la rodeó con los brazos. La levantó y la hizo girar por el aire, sin dejar de reír.

–Bueno, os dejaré con vuestras celebraciones –dijo Hollister–. Envíame una copia del informe cuando Nic te lo devuelva. Me aseguraré de que el editor del *LA Times* lo reciba hoy por mensajero.

–¿No iba a ocuparse Nic de eso? –dijo Isa cuando Marc la dejó en el suelo–. Ha salido de aquí como si esa fuera su misión en la vida.

–Oh, sí –le aseguró Hollister–. Pero quiero cubrir todas las bases. Por si a alguien se le ocurre «traspapelar» la certificación –dicho eso, salió del despacho y los dejó solos.

–Quiero celebrarlo –dijo él llevándose una de sus manos hasta los labios–. Ir a un sitio elegante y atiborrarte de champán, chocolate y luz de luna –le besó los dedos, la palma de la mano y la muñeca.

Isa, estremeciéndose con un escalofrío de excitación, se inclinó hacia él. Un segundo después, Marc la besó, devorando sus labios, lengua y boca, mientras una vorágine de pasión oscura y abrumadora fluía entre ellos.

–Espera –Marc sacó un control remoto del cajón del escritorio y cerró las cortinas de privacidad para que nadie pudiera verlos desde fuera. Iba a echar el cerrojo de la puerta cuando llegó Lisa, pálida y alterada.

–Necesito hablar contigo –entró sin esperar a que la invitara. Parecía tener un ataque de pánico.

–¿Qué ocurre? –Marc la llevó hasta una silla–. ¿Estás bien?

–Yo sí –colocó la tableta digital que llevaba en la mano sobre el escritorio–. La cámara no.

–¿Qué significa eso? –preguntó Isa con el corazón en la garganta.

–Que faltan varios diamantes grandes, de casi dos quilates y pureza VVS1 –Lisa señaló la hoja de datos que había en la pantalla.–. Significa –se atragantó con la lágrimas– que se ha cometido un robo en Bijoux.

–Eso no es posible –dijo Marc, con tanta serenidad como pudo.

–Eso dije yo cuando fui a preparar un envío esta mañana. Pero no están. He comprobado los registros dos veces. He revisado los cajones de cinco columnas en ambas direcciones, por si estaban mal guardados, aunque sería la primera vez. Incluso he mirado los vídeos de seguridad, sin encontrar nada sospechoso. En los últimos tres días, en la cámara no ha entrado nadie que no estuviera autorizado.

–¿Tres días? ¿Fue entonces la última vez que viste esos diamantes?

–Los vi el sábado. Acababa de meterlos en la cámara cuando me pediste que viniera al despacho. Hasta hoy, nadie ha tenido motivo para revisarlos. Excepto Isa.

Marc, atenazado por las sospechas y la ira, apenas podía pensar. No podía estar ocurriendo otra vez. Era imposible. Isa no le haría eso justo cuando todo volvía a ir bien entre ellos y él empezaba a superar su traición de hacía seis años.

La falta de confianza lo había llevado a pasar una tarde con ella en la cámara, cierto. Pero había llegado a la conclusión de que ni ella le robaría, ni él sería tan estúpido como para no darse cuenta si lo hacía.

Intentó no sacar conclusiones precipitadas, no dejarse llevar por las sospechas, pero, aun así, fue incapaz de mirar a Isa mientras llamaba a seguridad para que le enviaran los vídeos de los últimos cuatros días por correo electrónico.

–¿Qué puedo hacer para ayudar? –preguntó Isa, que estaba junto al escritorio, paralizada.

Él no contestó. No se fiaba de su voz ni de las palabras que podía escupir su boca si lo hacía.

Alzó el teléfono y ordenó al jefe de seguridad que se reuniera con él en la cámara en cinco minutos. Después, agarró el móvil y la tableta de Lisa y fue derecho al ascensor que, por una vez, llegó casi de inmediato. Subió y esperó a Lisa.

–No –le dijo a Isa cuando intentó unirse a ellos.

Lo último que vio Marc antes de que se cerrasen las puertas del ascensor fue como ella palidecía y sus ojos se agrandaban con horror.

Abrió el vídeo en la tableta y ya lo estaba viendo antes de que llegaran a la última planta. Siguió mirándolo mientras realizaba la rutina de apertura de la cámara acorazada. Cuando llegó Bob, el jefe de seguridad, lo puso en pausa.

–Faltan siete diamantes de un quilate y medio, de pureza casi máxima –le dijo, dándole la tableta–. Averigua qué diablos ha ocurrido.

Antes de entrar a la cámara, revisó el registro de entrada de las últimas noventa y seis horas. Lisa tenía razón, no había nadie sospechoso en la lista. Exceptuando a la mujer que llevaba tres noches durmiendo en su cama.

–Quiero que tres pares de ojos revisen las grabaciones de todas las videocámaras –le ladró a Bob–.

Quiero saber qué ha ocurrido ahí dentro cada segundo de las últimas noventa y seis horas, y también en cada habitación de esta planta, incluyendo el cuarto de baño y los dos ascensores. Y quiero saberlo en las próximas cuatro horas.

Rechinó los dientes y se esforzó por no bramar como un oso herido.

–También quiero saber cómo sacaron mis diamantes de la cámara, cómo los sacaron del edificio y dónde diablos están en este momento.

–De acuerdo, Marc.

A Marc le alegró que Bob estuviera tan pálido como lo había estado Isa antes de que se cerraran las puertas del ascensor. Su función allí era impedir que ocurriera lo que había ocurrido... Más le valía encontrar la forma de solucionarlo.

Sin embargo, sabía que no era justo culpar a Bob sin culparse a sí mismo. Era él quien, a sabiendas, había dejado entrar a una exladrona en su cámara acorazada. Él quien, después del primer día de suspicacia, había permitido que Isa se moviera libremente por Bijoux.

Había querido confiar en ella, olvidar quién era su padre y lo que había hecho en el pasado.

Maldijo para sí. Seis años después, había vuelto a dejarse engatusar por una melena pelirroja, una sonrisa dulce y un par de ojos color marrón chocolate. Por Isa.

Era un maldito estúpido. Un idiota que se merecía lo que le estaba ocurriendo. No había aprendido nada la primera vez, había repetido sus errores y el destino había intervenido para darle una lección que no pudiera olvidar.

Se juró que Isa no tendría la oportunidad de volver a engañarlo jamás.

Casi todo el personal de seguridad había llegado ya a la cámara, así que empezó dar órdenes y exigir inventarios. Mientras lo hacía, comprendió que iba a tener que soportar las pérdidas. De ningún modo iba a involucrar a la compañía de seguros en ese asunto, se reirían en su cara. Después de crucificarlo, por supuesto.

Si solo faltaban esos siete diamantes, no sería muy grave. Eran buenos, pero no espectaculares. Su valor conjunto ni siquiera afectaría a sus márgenes de pérdidas y beneficios.

Trescientos mil dólares, tal vez. Un perista de la calle pagaría cien mil, no más. Se preguntó si eso era lo que valía su amor para Isa: cien mil dólares. Era tonta. Si hubiera seguido con él, habría conseguido mucho más. Podría haberlo tenido todo. Había estado a punto de amarla de nuevo, de compartirlo todo con ella.

En vez de devolverle ese amor, le había dado una puñalada en la espalda mientras seguía acostándose con él.

Se le tensó el estómago y durante un instante pensó que iba a vomitar. Pero se tragó las náuseas, igual que iba a tener que tragarse la traición de Isa. Mejor empezar a hacerlo cuanto antes.

Hizo cuanto era posible hacer en la cámara, dando las órdenes pertinentes para esa primera fase de la investigación. Eso también podía agradecérselo a Isa. A ella y a su padre. De no ser por el robo de hacía seis años, Marc no habría sabido qué medidas tomar en ese momento.

Estuvo casi tres horas allí metido. En esas tres horas vio a cámara rápida todos los vídeos de seguridad grabados desde el sábado en adelante; informó a su hermano de que habían vuelto a robarles; maldijo, farfulló y se dejó llevar por la ira según la verdad se iba haciendo evidente.

Todos los que habían entrado en la cámara acorazada durante esos cuatro días lo hacían casi a diario y llevaban al menos cinco años trabajando para Bijoux. Todos menos, por supuesto, la mujer que se empeñaba en burlarse de él una y otra vez.

Cuando, por fin, decidió volver al despacho, se preguntó si Isa habría salido corriendo o si sería tan estúpida como para estar esperándolo.

Al abrir la puerta, la vio acurrucada en el sofá con las piernas recogidas y los ojos abiertos de par en par. Isa se levantó de un salto al verlo y corrió hacia él.

–¿Has descubierto lo que ha pasado? ¿Se sabe ya dónde están los diamantes? ¿O cómo los han sacado? ¿O...? –calló cuando él levantó una mano pidiendo silencio.

–Voy a preguntártelo una vez, Isa, y no lo haré nunca más. ¿Te has llevado tú los diamantes?

–No, Marc. ¡No! Claro que no. Nunca te haría eso a ti. Nunca nos haría eso a nosotros.

Él escrutó su rostro unos segundos, para ver si era sincera. Luego asintió con la cabeza.

–Tienes que irte.

–¿Irme? Pero...

–Tienes que irte ahora. Llamaré a contabilidad para que te den un cheque por tu trabajo. Después, recoge tus cosas y vete. No vuelvas.

–No lo dices en serio.

–Oh, sí, Isa. Más en serio de lo que puedes llegar a imaginar.

–¿De veras? –exigió ella–. ¿Han pasado seis años y volvemos a la misma situación?

–No te hagas la ofendida. Eres tú quien nos ha puesto en esta situación.

–No, Marc. Esta vez el culpable eres tú. Yo no he robado esos diamantes.

–¡Cállate! –ordenó él, furioso–. Deja de mentir. No lo soporto. Puedo soportar saber que me has robado, pero no que mires a los ojos y me mientas.

–Yo no…

–¡Vete! –gritó–. Antes de que llame a seguridad para que te saquen de aquí. Haré que te envíen el cheque hoy. Vete de una vez.

–Marc, por favor…

–Sal de aquí ahora mismo, Isa, o esta vez llamaré a la policía –le dio la espalda y fue al mueble bar que había en el rincón. Se sirvió un whisky escocés y se lo bebió de un trago.

Cuando se dio la vuelta, dispuesto a enfrentarse a Isa por última vez, descubrió que había cumplido su deseo. Se había ido y estaba solo. Otra vez.

Capítulo Diecisiete

Isa no sabía qué hacer, ni adónde ir. No sabía cómo enfrentarse al hecho de que su corazón acababa de estallar en mil pedazos. Otra vez.

Tras salir del despacho de Marc, con sus palabras resonándole en los oídos, había corrido por los pasillos y escalera abajo, hasta salir del edificio y poner rumbo a la playa.

Allí estaba en ese momento, mirando el océano y preguntándose cómo podía volver a estar en esa situación. Cómo, tras lo que había ocurrido seis años antes, podían estar ambos en esa circunstancia que se repetía.

Se dijo que tenía que irse de allí. Volver al aparcamiento, subir al coche y alejarse sin mirar atrás.

Marc había vuelto a ponerse en su contra. Cada vez que lo pensaba era como un mazazo. Saber que no confiaba en ella la desgarraba a cada paso que daba sobre la arena.

Él creía que era una ladrona y que, a pesar de lo que habían compartido esos últimos días, y seis años antes, había sido capaz de robarle.

Isa era incapaz de eso. No habría soportado herirlo de esa manera. Sin embargo, tenía cierto sentido que Marc lo creyera. A él no le costaba ningún esfuerzo herirla. Le había dado la espalda hacía seis años y acababa de volverlo a hacer, a pesar de las palabras cariñosas que llevaba días, y noches, susurrándole al oído.

El recuerdo de esos pocos días robados hizo que sintiera como si fuera a estallar. La imagen de su piel cuarteándose y sus órganos volando en mil direcciones hizo que se pusiera las manos en los costados y se abrazara con fuerza.

Siguió andando por la orilla, donde el agua se encontraba con la arena y rompían las olas. Caminó y caminó, recriminándose por sus errores. Se había permitido tener esperanzas aun sabiendo que se arriesgaba a sufrir consecuencias muy dolorosas. Y sin duda lo eran.

En el fondo, había sabido que no debía fiarse de Marc, y también que él nunca confiaría en ella.

Ese era el verdadero problema. Hiciera lo que hiciera, por más que cambiara de vida o intentara ayudarle, él no olvidaría lo que había sido en el pasado. Nunca vería a la mujer que era en realidad.

Era una verdad difícil de aceptar, sobre todo porque ella nunca le había robado nada, ni entonces ni ahora.

Sin embargo, no podía negar que seis años antes sí había tenido la intención de hacerlo. No porque necesitara el dinero, su padre había robado tanto en su vida que hasta los nietos de Isa serían ricos. Isa robaba porque era emocionante.

La Isa de entonces había sido una adicta a la adrenalina, criada por un padre viudo que vivía de robar joyas. El juego, el timo y el robo le habían importado más que nada en el mundo. Exceptuando a su padre y... después a Marc.

Lo había conocido en una fiesta de sociedad en la

que ella estaba «reconociendo el terreno». Se había enamorado hasta las trancas cuando él, sonriente y con la ceja arqueada, le había ofrecido una copa de champán. Recordaba perfectamente lo que había dicho, porque mientras él hablaba Isa había intuido que su vida iba a dar un giro radical.

Al alzar la vista hacia sus ojos color zafiro, brillantes de risa y deseo, había comprendido que quería saber más de él, que quería conocerlo.

Así que había dejado a los amigos con los que estaba y se había ido sin robar el enorme Rubí Poinsetia, que era la razón de su asistencia al evento. Le había dolido un poco renunciar al rubí de treinta y cinco quilates rodeado de diez quilates de diamantes de máxima pureza cuando estaba al alcance de su mano, pero lo había hecho.

Esa noche había deseado a Marc más que la joya o el beneplácito de su padre. Y los seis meses que pasaron juntos había seguido deseándolo más que a nada en el mundo.

Había renunciado a todo, sin más. Había echado cosas de menos, por supuesto. Durante la mayor parte de su vida, robar joyas y obras de arte había sido tan natural para ella como respirar. Pero prefería lo que veía en los ojos de Marc y lo que sentía en sus brazos a la emoción oscura e ilícita que sentía al cometer un gran robo.

Su padre no lo había entendido; él siempre había preferido la emoción de planear y ejecutar un golpe a cualquier otra cosa. Durante mucho tiempo había creído que Isa estaba analizando a Marc, buscando sus puntos débiles y la forma de entrar en la cámara acorazada de Bijoux, que en esa época alojaba dos de los diamantes más perfectos del mundo. Eran el Sol de Medianoche, un diamante ruso de cuarenta quilates, transparente y sin impurezas, valorado en decenas de millones de dólares, y el Fuego de Esperanza, de veintisiete quilates e impurezas microscópicas, cuyo valor se debía tanto a su calidad como a su enrevesada y violenta historia.

Marc, tras pasar los primeros años de su carrera en Bijoux alejando a la empresa del comercio de diamantes de sangre para centrarlo en el de diamantes sin conflicto, iba a subastarlos. Con la colaboración de Isa, había organizado un gran evento, una gala cuyos beneficios se destinarían a ayudar a los niños que vivían en zonas donde se extraían diamantes de sangre.

Su padre se había entusiasmado al enterarse, convencido de que Isa estaba utilizando a Marc como vía de acceso a los diamantes. Cuando descubrió que no era así, que lo amaba y quería pasar el resto de su vida con él, se había puesto furioso. La había acusado de rechazarlo.

Isa no había podido discutirlo. Aunque no lo había rechazado a él personalmente, sí había rechazado la vida que él le había enseñado a querer, esperar y disfrutar.

Tendría que haber previsto lo que ocurriría. En muchos sentidos, su padre era como un cachorro, disfrutaba tanto con la caza como con lo que cazaba; y una vez elegida la presa, no cejaba en su empeño hasta conseguirla.

Isa, por ingenuidad, había cometido el error de no darse cuenta de que enamorarse de Marc había sido como pintar una gigantesca cruz roja en su espalda.

Al entregarle su atención, amor y lealtad, había convertido a Marc y sus diamantes en la presa favorita de su padre.

Cuando las joyas desaparecieron y la empresa y la vida de Marc entraron en caída libre, había sabido de inmediato quién era el culpable. Llevaba robando con su padre desde los nueve años, y reconocía un golpe Salvatore con tanta facilidad como reconocía su propia cara en el espejo.

Entonces había cometido el segundo error: no decírselo a Marc. No ir a explicarle quiénes eran ella y su padre y ofrecerse a ayudarlo a recuperar los diamantes. En vez de eso, fue a pedirle a su padre que devolviera las gemas. Se había negado, por supuesto. En cierto modo, para él era una cuestión de honor: Marc Durand le había robado algo precioso para él y le había devuelto el favor.

Después del encuentro, tampoco le había dicho a Marc la verdad. Sabía que sincerarse, además de enviar a su padre moribundo a prisión, haría que Marc la mirara con desdén, odio y disgusto. No había sido capaz de tirar por la borda sus sueños y fantasías de un futuro feliz con él. Pero al proteger sus sueños había arruinado los de Marc.

Si las cosas no se hubieran puesto tan feas para Marc, tal vez habría seguido viviendo en la mentira para siempre. Le gustaba pensar que el sentimiento de culpabilidad la habría llevado a confesar antes o después, pero la verdad era que no estaba nada segura de ello.

Había callado durante semanas, mientras la vida de Marc se convertía en un infierno. La compañía de seguros lo acosaba y se negaba a pagar, alegando que había sido un trabajo hecho desde dentro, que era culpable de fraude y otros muchos crímenes y que lo había organizado todo por dinero y como truco publicitario.

Él le había ocultado muchas de esas cosas, pero ella veía lo que estaba ocurriendo. Marc estaba más demacrado y tenso cada día que pasaba. Cuando la policía, a instancias de la agencia de seguros, empezó a investigar a Marc y a Nic, había sabido que tenía que hablar.

Había amenazado a su padre con robarle las joyas y él, sabiendo que no dudaría en hacerlo, había accedido a dárselas. Isa las había reintroducido en la sede de Bijoux ejecutando con éxito la operación de «anulación de robo» más complicada de la historia.

La devolución había dejado atónita a la compañía de seguros, a la policía, a la junta directiva... A todos excepto a Marc.

Isa se lo había contado todo, y él había correspondido echándola de su vida de una patada.

Antes de sincerarse, ella había sabido que podía ocurrir eso; al fin y al cabo, le había ocultado la verdad durante semanas, mientras él y su empresa se venían abajo. Pero en el fondo esperaba que no ocurriera y no estaba preparada. Habría sido imposible estarlo, teniendo en cuenta que su amor por él era tan absoluto e ilimitado que, hiciera él lo que hiciera, jamás le habría dado la espalda.

Marc, en cambio, acababa de darle la espalda por segunda vez. De poco había servido el esfuerzo de Isa para construirse una vida nueva, dentro de la legalidad. Seis años antes, mientras vagaba por las calles bajo la lluvia, se había prometido dar un vuelco a su vida y convertirse en una persona mejor, alguien a quien nadie pudiera volver a acusar o desechar de esa manera.

Había cumplido su promesa. Ya había dejado de robar joyas tras conocer a Marc, tras la muerte de su padre había renunciado a todo lo que la vinculaba con ese pasado: sus amigos, su piso e incluso a su nombre. Se había creado una nueva vida, en la que podía utilizar sus conocimientos para ayudar y enseñar, en vez de para hacer daño.

Lo había hecho por ella, porque quería compensar de algún modo los errores del pasado. Pero, mientras caminaba por la playa solitaria y el cielo se iba tiñendo de color violeta, comprendió que también lo había hecho para impresionar a Marc.

Nunca lo había buscado ni revelado su nueva identidad, pero una parte de ella siempre había creído que si se volvían a encontrarse él aceptaría a la nueva Isa y olvidaría el dolor, la deslealtad y las heridas del pasado.

No se había permitido admitir sus esperanzas hasta ese momento, y sintió un dolor desgarrador al comprender que eran esperanzas vanas.

Marc no creía en la nueva Isa. No creía que hubiera cambiado en absoluto.

Isa siguió andando, encogida para protegerse del frío, mientras la oscuridad descendía sobre el mar agitado. El viento revolvía su pelo y agitaba su fina blusa, helándole la piel y metiéndose en sus huesos. Pero siguió andando.

Miraba las olas estrellándose contra la arena y solo veía a Marc dominado por la furia, con los ojos velados, pálido, con la mandíbula tensa y los puños apretados.

El viaje que acababa de hacer al mundo de los recuerdos de un pasado lleno de errores que no tenían solución había sido doloroso amargo. Pero no se aproximaba siquiera al dolor que había sentido al ver la expresión de Marc mientras le preguntaba si había vuelto a robarle. Mientras le ordenaba, con rostro impasible, que saliera de su despacho, del edificio y de su vida.

El recuerdo hizo que se le cerrara la garganta y las lágrimas anegaran su ojos. Le habría gustado creer que era el viento lo que irritaba sus ojos y dificultaba su respiración, pero no pudo.

Isa podía contar con los dedos de una mano las veces que había llorado en su edad adulta, pero allí, en ese momento, no pudo evitar rendirse ante a la sensación de agonía y derrota que la asolaba.

Lloró y lloró.

No habría sabido decir cuánto tiempo pasó ante el vasto e interminable océano. Pero fue el suficiente para que la subida de la marea mojara sus pies y las estrellas tachonaran el cielo.

Tiempo de sobra para quedarse sin lágrimas y sentir cómo su corazón se partía en dos por el peso de la verdad.

Marc nunca la creería. Aunque descubriera que no había robado los diamantes, seguiría sin fiarse. Hiciera lo que hiciera para intentar convencerlo de que ya no era la persona que había sido, no serviría de nada. Marc solo vería lo que quería ver y seguiría creyendo lo que había creído siempre.

Fue una píldora amarga de tragar, que acabó con el último vestigio de esperanza que le quedaba. Pero también fue el catalizador que necesitaba para reaccionar y emprender el largo paseo de vuelta a la sede Bijoux y a su coche.

Igual daba que lo hiciera llorando, nadie tenía por qué saberlo…

Capítulo Dieciocho

Marc tuvo a su equipo trabajando hasta bien entrada la noche, intentando descubrir qué había pasado con los diamantes. O, más bien, buscando pruebas de que los había robado Isa. No porque tuviera intención de demandarla, sino porque quería saberlo. Lo necesitaba.

Necesitaba reivindicar que había tenido razón y saber, a ciencia cierta, que la expresión que había visto en el rostro y los ojos de Isa cuando la atacaba era tan falsa como las palabras tiernas que le había susurrado mientras hacían el amor.

Porque si esa expresión no era falsa... Marc puso freno al pensamiento. No iba a pensar ni por un segundo que se había equivocado. Si daba paso a esa idea, nunca se la sacaría de la cabeza. Deseaba tanto creer que Isa era inocente, que temía acabar convenciéndose de que lo era, incluso si no era el caso.

O, peor aún, se convencería de que el robo no tenía mayor importancia. No eran diamantes de mucho peso y para Bijoux no supondrían mayor perjuicio que la molestia de intentar descubrir cómo había tenido lugar el robo.

Había revisado los vídeos en persona y había pedido a Nic, Lisa y a los encargados de seguridad en los que más confiaba que hicieran lo mismo. Había escrutado cada segundo que Isa había pasado dentro de la cámara y estudiado cada cajón que había abierto y cada diamante que había mirado. No había descubierto nada. No sabía cuándo ni cómo lo había hecho.

Necesitaba saber el cómo para saber el por qué. Habían pasado las tres últimas noches haciendo el amor y todo había sido perfecto. Habían recuperado las viejas rutinas y pautas de conversación con toda naturalidad, como si no hubieran pasado seis años. Como si lo ocurrido en Nueva York no fuera más que una pesadilla, en vez de la horrible verdad que tantas noches en vela le había costado.

Le enloquecía pensar que no volvería a tener a Isa entre sus brazos. Deseaba agarrarla de los hombros y agitarla para sacarle la verdad.

No entendía cómo podía haberle hecho eso ni por qué. Le parecía increíble que el dinero de la venta de los diamantes le importara más que lo que había entre ellos.

Tal vez el problema fuera que había percibido sentimientos donde solo había pasión. Cabía la posibilidad de que mientras él volvía a enamorarse ella solo lo hubiera estado utilizando, o buscando una forma de vengarse por cómo la había tratado.

Tenía sentido, siempre que no tuviera en cuenta lo mucho que había trabajado para ayudarlo a desmentir el artículo del *LA Times*. O lo bien que se sentía cuando se dormía abrazada a él, cálida, sexy y perfecta.

Si lo único que le importaba era la excitación de dar un golpe, ¿por qué lo abrazaba con tanta ternura? ¿Por qué se entregaba a él por completo?

No podía dejar de hacerse preguntas que le dolía no poder contestar.

Furioso, frustrado y harto de sí mismo y de la situación, pulsó el botón de reproducción por enésima vez en los últimos tres días y volvió a revisar las tomas en las que aparecía Isa, segundo a segundo.

Casi todo el tiempo estaba sentada estudiando los diamantes con el microscopio o comparando números de serie, lo que era bastante aburrido. Marc prestaba más atención cuando se levantaba para ir a sacar o guardar un cajón o, sencillamente, estirarse.

Se decía que era porque buscaba el momento del robo. Quería saber cuándo se había metido los diamantes en el bolsillo y cómo los había sacado de la cámara acorazada y del edificio. Pero la triste verdad era que, sobre todo, se fijaba en ella.

En la fluidez de sus andares y el bamboleo de sus caderas. En cómo el pelo se curvaba sobre los hombros y acariciaba su pecho.

Y eso no servía para nada. No lo ayudaba a encontrar lo que estaba buscando y, menos aún, a olvidar lo que sentía al acariciar el bello cuerpo de Isa y abrazarla mientras se deslizaba en su interior.

Pinchó en la barra de desplazamiento e hizo retroceder el vídeo varios minutos, prometiéndose que esa vez no se distraería pensando el aspecto, el olor y el sabor de Isa.

Un momento después, llamaron a la puerta del despacho. Marc bloqueó la pantalla, sintiéndose como un niño al que hubieran descubierto viendo una película porno, lo que era ridículo. Que Isa estuviera completamente vestida y contando diamantes no hizo que se sintiera menos culpable.

Echó la silla hacia atrás y fue hacia la puerta. Era Bob, el jefe de seguridad, y parecía frenético. A Marc se le revolvió el estómago.

–¿Qué pasa ahora? –preguntó, echándose a un lado para que entrara.

–Hay un problema con el vídeo –respondió él, mientras rodeaba el escritorio para situarse frente al ordenador–. ¿Puedes abrir tu correo electrónico?

–¿Qué clase de problema? –inquirió Marc. Entró al correo y pulsó en el último mensaje recibido.

–Hay un lapso de tiempo –Bob pinchó en el fichero adjunto y esperó a que se descargara.

–¿Lapso de tiempo?

–Faltan siete minutos de grabación.

–¿En qué videocámara? –exigió Marc, impaciente.

–En todas.

–¿Qué?

–Al menos, eso es lo que parece. Todas las videocámaras, de dentro y de afuera, tienen un lapso de tiempo de siete minutos.

–¿Y nadie se dio cuenta de que habían dejado de grabar? ¿Dónde diablos estaba seguridad?

–Ese es el tema. No creo que las cámaras dejaran de grabar, alguien borró esos siete minutos después de que se cometiera el robo.

–Volveré a preguntártelo. ¿Dónde diablos estaba seguridad? –bramó Marc–. Pago mucho dinero para que esos monitores estén vigilados veinticuatro horas al día.

–Estoy intentando descubrirlo. Aún no sabemos si insertaron otra grabación en el flujo digital, pero esa es mi conjetura. No hay otra explicación posible.

–Estás diciendo que un pirata violó mi sistema informático, diseñado a medida y supuestamente blindado, y se hizo con el control de todas las videocámaras de la planta. ¿Es eso?

–Básicamente, sí.

–Y nadie se dio cuenta.

–Bueno, sí nos hemos dado cuenta.

–¡Después del robo! –clamó Marc. Se inclinó para mirar la fecha que había al pie de la grabación–. ¿Ocurrió el lunes?

–Sí.

–¿Cómo pirateó el sistema?

–Aún no lo sabemos.

–Pues descubridlo. Que os ayuden Geoffrey y Max. Quiero una respuesta esta noche.

–Entiendo que estés enfadado, Marc, pero estamos haciendo cuanto podemos. Es un ataque tan bien ejecutado que es impresionante que uno de mis chicos se…

–Será impresionante cuando encontréis la vulnerabilidad que han explotado y la resolváis. Hasta entonces, no será más que una chapuza –hizo una mueca–. Por parte de todos nosotros.

Bob salió del despacho unos segundos después.

Marc estaba tan furioso que podría haber echado espumarajos por la boca. Un pirata había violado su sistema informático y secuestrado la señal de sus cámaras de vigilancia, a pesar de que tenía en plantilla a dos de los mejores expertos en seguridad informática del mundo.

Marc, y todos los responsables de seguridad, pasaron las horas siguientes buscando la vulnerabilidad que había permitido el acceso. Que aun no la hubieran encontrado cuando llegó la medianoche era más que sospechoso.

A los piratas informáticos no solía importarles que se supiera cómo habían entrado. Cuando habían conseguido lo que querían, les daba igual que se solventara la vulnerabilidad y el agujero se cerrara. Pero este en concreto había cubierto sus huellas tan bien que Marc no podía dejar de preguntarse si esa era la primera vez que accedía o solo la primera vez que se habían dado cuenta. Quizás llevara tiempo robando un par de piedras pequeñas de vez en cuando, para que no se notara.

Hacían un inventario completo dos veces al año. Así que si la operación llevaba poco tiempo en marcha, y había sido la auditoría interna lo que había hecho que el ladrón acelerara el ritmo...

Por fin, se permitió admitir lo que llevaba varias horas rondándole la cabeza: que podía haber cometido un error imperdonable.

Si, tal y como empezaban a temer, era un trabajo hecho desde dentro, y llevaba algún tiempo en marcha, Isa no podía ser la responsable. La había acusado y rechazado sin motivo.

Solo de pensarlo se le encogió el estómago y un sudor frío le empapó el cuerpo.

La mezcla de espanto, dolor y devastación que había visto en el rostro de Isa expresaba lo mismo que había sentido él al creer que le había robado: que todo su mundo se tambaleaba. De nuevo.

El culpable de ese sentimiento era él. Igual que lo había sido hacía seis años. Había vuelto a dejar que su ira, su orgullo y su desconfianza ganaran la partida. Que esa vez hubiera permitido que recogiera sus cosas no hacía que se sintiera mejor como ser humano, ni como novio.

Soltó una maldición y se apartó de la mesa que estaban utilizando como centro de operaciones.

Nic, Bob, Geoffrey y todos los demás lo miraron con inquietud. Eso le hizo darse cuenta de lo antipático y vil que había sido con todos ellos desde que se había descubierto el robo.

–Marchaos a casa –farfulló–. Seguiremos con esto por la mañana.

–¿A casa? –repitió Geoffrey, como si fuera un concepto totalmente ajeno a él.

–Llevamos días con esto, sin apenas descanso. Podéis ir a casa a dormir y relajaros un poco.

–¿Tú quién eres? –bromeó Nic. Pero Marc notó que se levantaba a toda prisa.

–El daño ya está hecho. Quiero a dos guardas adicionales en la planta de la cámara, uno en la puerta y otro haciendo rondas. Así la cámara estará segura esta noche ¿no?

Todos se apresuraron a expresar su acuerdo.

–De acuerdo entonces. Nos veremos aquí a las siete de la mañana.

Antes de que pudieran decir nada, giró sobre los talones y se fue. Tenía algo importante que hacer y llevaba años de retraso.

Capítulo Diecinueve

Isa despertó de un sueño irregular al oír unos golpetazos en la puerta. Cuando agarraba el móvil, por si tenía que llamar a la policía, vio la hora que era y se preguntó quién podía estar aporreando su puerta a la una de la mañana.

Se puso la bata mientras iba hacia la entrada, caminando con cautela. Miró por la ventana y vio que su visitante nocturno era Marc. Tenía mejor aspecto del que se merecía, sobre todo si lo comparaba con el suyo en ese momento.

Sus ojos se encontraron a través del cristal y se dejó cautivar por su mirada un instante, hasta que entró en juego su instinto de supervivencia. Desvió la mirada y retrocedió unos pasos. No quería verlo ni hablar con él. Las heridas eran demasiado recientes y aún le dolía respirar.

Marc debió captarlo en su rostro, porque redobló los golpes y empezó a llamarla.

–Abre la puerta, Isa. Por favor. Solo quiero hablar contigo.

Ella negó con la cabeza, aunque él ya no podía verla, y retrocedió unos pasos más. Ni quería ni podía verlo. Dolía demasiado. Saber que era la culpable de que Marc no confiara en ella, por cómo había actuado seis años antes, no hacía que el dolor fuera más fácil de soportar.

–¡Maldita sea, Isa, por favor! Solo quiero hablar contigo.

Ella no quería hablar con él. No podía soportar más acusaciones ni que la mirase como si fuera basura. O, peor aún, como si le hubiera arrancado el corazón. No había robado las joyas, pero seguía siendo culpable del trastorno que le había causado en el pasado.

–¡Isa! ¡Por favor! ¡Lo siento! –se le quebró la voz–. Lo siento mucho. Por favor, déjame entrar.

A Isa le dolía oírlo tan desesperado. Casi instintivamente, carraspeó y le contestó.

–Vete, Marc. Esto no sirve para nada.

–Isa, por favor. Tienes todo el derecho a odiarme y a estar enfadada conmigo. Pero, por favor, te lo suplico, no me obligues a irme.

Ella no supo qué contestar a eso. Sonaba tan distinto del hombre con el que había hablado el miércoles que volvió a partírsele el corazón. No podía soportar el dolor de su voz y sus súplicas, sabiéndose culpable de haber abierto la herida que le impedía confiar en ella.

Su cuerpo decidió antes que su mente, corriendo el cerrojo, quitando la cadena y abriendo la puerta a Marc, el único hombre al que había amado en su vida.

El único hombre al que había herido.

–Lo siento –dijo él de inmediato–. Lo siento muchísimo.

–Está bien –dio un paso atrás y le dejó entrar–. Supongo que habéis encontrado al ladrón, ¿no?

–No –Marc movió la cabeza–. Aún no.

–No entiendo nada. Si no sabes quién lo hizo, ¿por qué estás aquí?

–Porque sé que no fuiste tú. Porque soy tan idiota

que dejé que el dolor del pasado me impidiera ver a la mujer que eres ahora.

Ella lo miró boquiabierta. Oía lo que decía, pero no podía procesarlo. Era lo último que había esperado oír. Un momento único e inédito en su relación.

–¿Cómo sabes que no fui yo?

–Lo sé porque te conozco.

–Me conocías hace tres días y no pareció importarte.

–Hace tres días era un imbécil, testarudo y ciego que estaba demasiado ocupado intentando ocultar sus heridas para pensar bien las cosas.

–¿Qué cosas?

–Todo. La idea de que pudieras plantearte robar en Bijoux era ridícula. Y si lo hicieras, no tendrías el mal gusto de llevarte unos cuantos diamantes mundanos que no le importan a nadie.

–¿Estás hablando en serio? –Isa volvía a sentirse como Alicia cayendo por la madriguera del conejo. Por primera vez, su ira fue más fuerte que su dolor–. ¿Has venido para decirme que el mal gusto del ladrón me exime de culpabilidad?

–No –le agarró los codos y la atrajo hacia él. Isa habría querido apartarlo, pero su cuerpo anhelaba el contacto–. He venido porque cometí un error. Porque sé que no me robarías, que no me harías daño de esa manera. Y porque quiero, y necesito, decirte cuánto lamento haberte herido del modo en que lo hice, hace seis años y tres días.

»He sido tan idiota que me he preocupado más de protegerme a mí que de protegerte a ti, y eso es inexcusable.

–Tu labor no es protegerme…

–No digas bobadas. Te quiero, Isa. Te quiero más de lo que soy capaz de expresar, y más de lo que tú podrías creer. Claro que mi labor es protegerte, cuidarte y hacerte saber lo preciada que eres. Pero he fallado en todo –movió la cabeza, disgustado consigo mismo.

–Yo hice cosas terribles… –a Isa no le parecía justo que se echara toda la culpa encima.

–No es verdad. Eras muy joven y estabas dividida entre dos hombres a los que amabas y, por cierto, no te merecían. Lo siento, Isa. Lo siento mucho –apoyó su frente en la de ella–. No merezco tu perdón, y Dios sabe que no merezco tu amor. Pero lo quiero, Isa, más que nada en el mundo.

Isa tuvo la sensación de que su cerebro se derretía y su corazón se llenaba de luz. Lo abrazó con todas sus fuerzas y rompió en sollozos.

–No llores, cielo. Por favor, no llores. Te compensaré por todo si me dejas hacerlo. Yo…

Ella lo besó, dando rienda suelta a la pasión, el amor, el miedo y el perdón que había acumulado en su interior. Lo besó y lo besó y lo besó.

Y él correspondió a sus besos.

–Lo siento –repitió Marc cuando, largo rato después, hicieron una pausa para recuperar el aliento–. Lo siento muchísimo.

–Yo también.

–Tú no tienes nada…

–Sí –interrumpió ella, besando su mandíbula–. No eres el único que ha cometido errores. Yo lo fastidié todo hace seis años, y no te culpo por pensar que había vuelto a hacerlo.

–Pero no lo hiciste. Aunque nunca encontremos al ladrón…

–Lo encontraremos –afirmó ella con rotundidad–. Ni en broma va a salirse con la suya quien le haya robado al hombre al que quiero.

–Suenas muy feroz –Marc, riéndose, la estrechó entre sus brazos.

–Me siento feroz –dijo ella, tirando de su brazo para llevarlo al dormitorio.

–¿En serio? –arqueó la ceja que la volvía loca.

–Sí. En cuanto sea de día, iremos a Bijoux a dilucidar quién nos ha hecho esto. Juntos.

–Juntos –la besó en los labios, la mejilla, la frente y los ojos–. Me gusta como suena eso.

–A mí también –lo abrazó con fuerza–. Te quiero, Marc. Te quiero mucho.

–Y yo a ti. Siempre te he querido y siempre te querré.

Isa sintió esas palabras en lo más hondo, como una luz cálida que borraba el recuerdo de aquella fría noche en Manhattan. Mientras lo llevaba a la cama, no pudo evitar pensar que había merecido la pena. Estaría dispuesta a renunciar a un millón de diamantes y a pasar cualquier penalidad para estar donde estaba en ese momento.

Porque Marc lo valía. Y también la vida que iban a construir en común.

Sexo, mentiras y engaño

Barbara Dunlop

Después de que su ex hubiera escrito un libro que lo revelaba todo sobre él, Shane Colborn se vio inmerso en una pesadilla mediática. Lo último que necesitaba era tener una aventura con otra mujer, sobre todo si esta trabajaba para él. Pero le resultaba imposible resistirse a Darci Rivers.

La pasión entre ambos era intensa, pero también era grande el secreto que guardaba Darci. Estaba dispuesta a todo para descubrir un hecho que devolviera el buen nombre a su padre: un hecho que arruinaría la empresa de Shane y su relación con él, que era de las que solo sucedían una vez en la vida.

¿Haría lo que debía poniendo en peligro la relación con su jefe?

¡YA EN TU PUNTO DE VENTA!

Acepte 2 de nuestras mejores novelas de amor GRATIS

¡Y reciba un regalo sorpresa!

Oferta especial de tiempo limitado

Rellene el cupón y envíelo a

Harlequin Reader Service®
3010 Walden Ave.
P.O. Box 1867
Buffalo, N.Y. 14240-1867

¡Si! Por favor, envíenme 2 novelas de amor de Harlequin (1 Bianca® y 1 Deseo®) gratis, más el regalo sorpresa. Luego remítanme 4 novelas nuevas todos los meses, las cuales recibiré mucho antes de que aparezcan en librerías, y factúrenme al bajo precio de $3,24 cada una, más $0,25 por envío e impuesto de ventas, si corresponde*. Este es el precio total, y es un ahorro de casi el 20% sobre el precio de portada. !Una oferta excelente! Entiendo que el hecho de aceptar estos libros y el regalo no me obliga en forma alguna a la compra de libros adicionales. Y también que puedo devolver cualquier envío y cancelar en cualquier momento. Aún si decido no comprar ningún otro libro de Harlequin, los 2 libros gratis y el regalo sorpresa son míos para siempre.

416 LBN DU7N

Nombre y apellido (Por favor, letra de molde)

Dirección Apartamento No.

Ciudad Estado Zona postal

Esta oferta se limita a un pedido por hogar y no está disponible para los subscriptores actuales de Deseo® y Bianca®.
*Los términos y precios quedan sujetos a cambios sin aviso previo.
Impuestos de ventas aplican en N.Y.

SPN-03 ©2003 Harlequin Enterprises Limited

Bianca

Ella se sentía torpe y fea...
él veía una joven dulce e inocente

La ingenua Carly Tate se sentía perdida. El peligroso Lorenzo Domenico no solo era su tutor, también era el primer hombre que hacía que se le acelerara el corazón, pero sabía que el guapísimo italiano no veía en ella más que una mujer tímida y mediocre...
No imaginaba que para Lorenzo ella era como una ráfaga de aire fresco y estaba convencido de que, bajo ese aspecto anodino, se escondía un cuerpo voluptuoso... un cuerpo que quería descubrir personalmente...

PERDIDA EN SUS BRAZOS
SUSAN STEPHENS

¡YA EN TU PUNTO DE VENTA!

UN AMOR DE LUJO

NATALIE ANDERSON

Bella siempre se había sentido como el patito feo de su familia, pero después de una noche con el increíblemente sexy Owen, se sintió como un hermoso cisne. Claro que eso fue hasta que se dio cuenta de que Owen no era el tipo normal y corriente que ella había creído...
Cuando descubrió que era multimillonario, le entró verdadero pánico, porque esa era justamente la clase de hombres a los que solía evitar.

Sin embargo, Owen no estaba dispuesto a dejar que Bella volviese a esconderse en su caparazón. Dos semanas de placer en su lujoso ático, y pronto la tendría pidiéndole más...

¡A MERCED DE UN ARDIENTE MILLONARIO!

2

¡YA EN TU PUNTO DE VENTA!